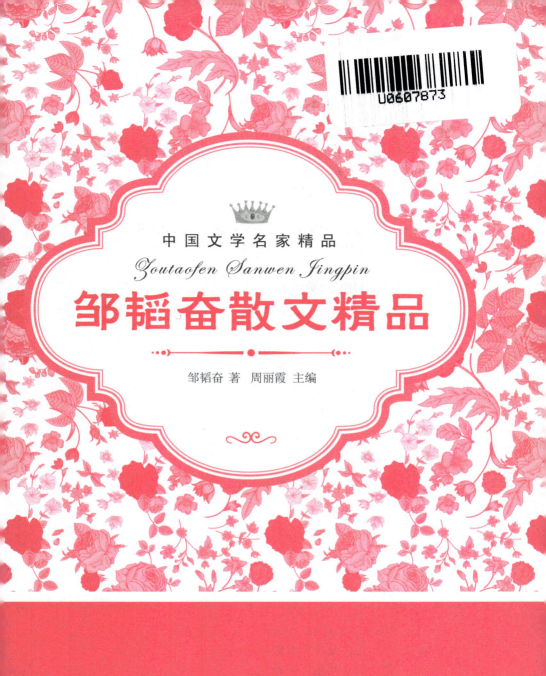

中国文学名家精品

Zoutaofen Sanwen Jingpin

邹韬奋散文精品

邹韬奋 著　周丽霞 主编

北方妇女儿童出版社

图书在版编目(CIP)数据

邹韬奋散文精品/邹韬奋著；周丽霞主编.—长
春：北方妇女儿童出版社，2015.1（2021.3 重印）
（中国文学名家精品）
ISBN 978-7-5385-8207-9

Ⅰ．①邹… Ⅱ．①邹… ②周… Ⅲ．①散文集－中国
－现代 Ⅳ．①I226

中国版本图书馆CIP数据核字（2015）第007597号

邹韬奋散文精品
ZOU TAO FEN SAN WEN JING PIN

出 版 人	刘　刚
责任编辑	王天明
开　　本	700mm×980mm　1/16
印　　张	9
字　　数	148 千字
版　　次	2015 年 5 月第 1 版
印　　次	2021 年 3 月第 3 次印刷
印　　刷	固安县云鼎印刷有限公司
出　　版	北方妇女儿童出版社
发　　行	北方妇女儿童出版社
地　　址	长春市福祉大路 5788 号
电　　话	总编办：0431-81629600
定　　价	26.80 元

前　言

习近平总书记在文艺座谈会上指出，繁荣文艺创作、推动文艺创新，必须要有大批德艺双馨的文艺名家。我国作家艺术家应该成为时代风气的先觉者、先行者、先倡者，要通过更多有筋骨、有道德、有温度的文艺作品，书写和记录人民的伟大实践、时代的进步要求，彰显信仰之美、崇高之美。

是的，当历史跨入21世纪的新时代，我们党发出了实现中国梦的伟大号召，掀起了轰轰烈烈的复兴中国文化的运动。这就要求我们站在时代的前沿，薪火相传，一脉相承，弘扬中国有史以来优秀的、光明的、先进的、科学的、文明的文化，融合古今中外一切文化精华，构建具有中国特色的现代民族文化，向世界和未来展示中华民族的文化力量、文化价值与文化风采。

就文学创作而言，就是广大作家要接过近现代中国文学名家传递的笔墨圣火，照亮时代的道路，创造文学的繁荣；广大读者则应吸收近现代中国文学的精神力量，认识过去的时代，投身当代的建设。总之，中国的复兴需要大家添光加彩！

回首上世纪初，中国掀起了伟大的反帝反封建的民族解放运动，广大作家以此为崇高历史使命，把文字作为投枪匕首，走在时代最前列，创作了大量优秀的文学作品，发出了代表时代最强音的呐喊，振聋发聩，唤醒广大人民群众，开创了新文化运动，创造了现代文学。

中国现代文学是指用现代文学语言与文学形式，表达中国现代思想、感情、心理的文学，是在"五四"新文化运动影响下，广泛接受外国文学影响而形成的新兴文学，产生了极大的历史推动作用。

在新文化运动推动下，广大作家汲取中外文学营养，形成了新的文学形态。他们不仅用白话语言表现现代科学民主思想，而且在艺术形式与表现手法上对传统文学进行深入革新，创建了新的文学体裁。在叙述角度、抒情方式、描写手段以及结构组成等方面，都有全新创造，极具现代特色，成为真正现代意义上的文学。

中国现代文学的主流是人民的文学，广大作家深入火热的战斗生活中，极大加强了文学与民众的结合，文学与进步的社会思潮及民族解放、革命运动的自觉联系，这构成了中国现代文学的基本历史特征与传统。此时的文学，以表现普通民众生活、改造国民性格和社会人生为根本任务。

中国现代文学早期的发展，是在广大作家吸取外来文学营养使之民族化并继承民族传统使之现代化的过程中奠定基础的。对于如何正确对待传统文化与西方外来文化的问题，他们打破了抱残守缺的国粹主义思想，进行了彻底革新，曾对西方各个历史时期的文艺思潮、文学流派，包括各种文学形式、表现手法等，进行了全面介绍与广泛吸收，同时对我国传统文学遗产也进行了重新评价。这对促进思想与艺术的解放，促进文学的现代化，起到了重要作用，从而形成了现代文学的繁荣局面，促进了广大民众的觉醒。

接过20世纪中国文学作家的思想圣火，实现新时代民族文化复兴的中国梦，这是广大作家和读者义不容辞的神圣职责。为此，我们从诗歌、散文、小说三大文学体裁着手，特别编辑了这套《中国文学名家精品》，精选了许多文学名家的精品力作，代表了中国20世纪文学的高度，具有极强的权威性、可读性和艺术性。

这些文学名家，都是中国20世纪现代文学的开拓者和各种文学形式的集大成者，他们的作品来源于他们生活的时代，是那个时代社会生活的缩影，包含了作家本人对社会、生活的体验与思考，影响着社会的发展进程，具有永恒的魅力。他们是我们心灵的工程师，能够指导我们的人生发展，对于复兴中国文化具有深远的启迪作用。

作者简介

　　邹韬奋（1895—1944）原名邹恩润，乳名荫书，曾用名李晋卿。祖籍江西余江，出生在福建永安。他是我国卓越的新闻记者、政论家、出版家，同时也是一位杰出的爱国主义者和共产主义者。

　　1895年，邹韬奋出生在福建长乐县一个破落的旧式官僚家庭。当他5岁的时候，便在家读私塾。1900年，他进入福州工业学校读书，不久他的父亲将他送至上海南洋公学，在此上中学并读至大学电机工程科二年级。1919年，由于他的兴趣原因，转而投考上海圣约翰大学文科，并主修西洋文学，辅修教育。1921年，他毕业并获文学学士。

　　1922年，邹韬奋受著名教育家黄炎培之聘，担任中华职业教育社编辑股主任，并加入中华职业教育社，主编《教育与职业》月刊和编译《职业教育丛书》。1926年，他任《生活》周刊主编。1932年7月，他创办生活书店。1933年1月，他加入中国民权保障同盟，成为执行委员。同年7月14日起，他迫于压力到欧洲各国和前苏联"考察"。

　　1935年8月，邹韬奋回国，11月在上海创办《大众生活》周刊。1936年，他奔走于港沪之间，积极鼓动抗日，年底遭逮捕。出狱后，上海沦陷，他前往武汉继续参加救国活动，国民党政府聘他为国民参议员。他把《抗战》和《全民周刊》合并改为《全民抗战》三日刊，在鼓励抗战方面发挥了巨大的作用。

　　1941年2月，邹韬奋辞去国民参议员职务，出走香港，并恢复《大众生活》周刊。1942年11月，他辗转至苏中抗日根据地，后赴苏北抗日根据地。1943年3月，他赴沪治病。1944年7月，他因癌症病逝。9月，中共中央接受其在遗嘱中的申请，追认其为中国共产党员。中共给予邹韬奋极高规格的评价，毛泽东本人亲笔题词命名

"邹韬奋精神"。

邹韬奋早期曾从事多年的职业教育研究和宣传活动，并且他提出了许多精辟独到的见解，在新闻和出版领域做出了突出贡献。1926年10月，他担负《生活》周刊的编辑职务。从此，他全身心地投入到工作中。他决定根据社会和读者需要，从内容到形式对《生活》周刊进行一次大幅度革新。很快，周刊就赢得了广大读者的信任和热爱。同时周刊还以反内战和团结抗敌御侮为根本目标，成为国内媒体抗日救国的一面旗帜。

1935年8月，邹韬奋创办了《大众生活》周刊。《大众生活》以其鲜明的政治立场和无畏的战斗风格，痛斥国民党当局的卖国行径，并对学生的爱国救亡运动，进行大力宣传和热情支持。他高度赞扬学生救亡运动，呼吁凡是以民族解放斗争为前提的人们，应该"共同擎起民族解放斗争的大旗以血诚拥护学生救亡运动，推动全国大众的全盘的努力奋斗！"因此，《大众生活》受到广大民众的热烈欢迎。他的文章从来不畏权势，勇于一贯地讲真话，他批评时弊不怕得罪人，力主言论自由的主张在舆论界独树一帜。

邹韬奋除了主办刊物外，他还从事文学创作。他的作品包括《韬奋漫笔》《萍踪寄语》《萍踪忆语》《坦白集》《再厉集》《抗战以来》《患难余生记》《对反民主的抗争》《爱与人生》《办私室》《丢脸》《干》《个人自由与国家自由》《集中的精力》《坚毅之酬报》《久仰得很》《敏捷准确》《肉麻的模仿》《什么是真平等》《随遇而安》《痛念亡友雨轩》《外国人的办事精神》《有效率的乐观主义》《闲暇的伟力》《风雨香港》《深挚的友谊》《萧伯纳的夫人》《忘名》《我的母亲》。

邹韬奋将他的一生都奉献给了我国的新闻事业，形成了自己的新闻思想。他的人生是由爱国主义逐步走向追求共产主义的典范。他一生正是抱着追求真理、追求光明的执著信念，为了祖国和人民的伟大事业鞠躬尽瘁，贡献了自己毕生的精力。

邹韬奋 散文精品 【目录】

第一辑

我的母亲 / 002

工程师的幻想 / 007

深挚的友谊 / 010

萧伯纳的夫人 / 013

极怕新闻记者的文学家 / 016

辛克莱路易斯 / 018

悼王永德先生 / 021

苦学时代的教书生涯 / 023

大发明家的特别脑子 / 026

丢　脸！ / 030

新闻记者 / 032

干 / 034

肉麻的模仿 / 036

静 / 038

高　兴 / 040

硬吞香蕉皮 / 044

不相干的帽子 / 046

第二辑

地　位 / 050

波　动 / 053

贫民窟里的报馆 / 056

大声疾呼的国文课 / 059

一幕悲喜剧 / 062

看守所 / 065

转　变 / 068

社会的信用 / 071

滑稽剧中的惨痛教训 / 074

废　话 / 077

爱与人生 / 079

久仰得很！ / 083

闲暇的伟力 / 085

集中的精力 / 087

敏捷准确 / 089

随遇而安 / 091

坚毅之酬报 / 093

第三辑

办私室 / 096

尽我所有 / 099

忘　名 / 102

呆　气 / 105

不堪设想的官化 / 108

四P要诀 / 110

统治者的笨拙 / 112

走　狗 / 114

领导权 / 116

个人的美德 / 118

民众的要求 / 120

从现实做出发点 / 122

青年"老学究" / 125

深夜被捕 / 128

工作的大小 / 131

有效率的乐观主义 / 133

邹韬奋散文精品

【第一辑】

我的母亲

　　说起我的母亲，我只知道她是"浙江海宁查氏"，至今不知道她有什么名字！这件小事也可表示今昔时代的不同。现在的女子未出嫁的固然很"勇敢"地公开着她的名字，就是出嫁了的，也一样地公开着她的名字。不久以前，出嫁后的女子还大多数要在自己的姓上面加上丈夫的姓；通常人们的姓名只有三个字，嫁后女子的姓名往往有四个字。在我年幼的时候，知道担任商务印书馆出版的《妇女杂志》笔政的朱胡彬夏，在当时算是有革命性的"前进的"女子了，她反抗了家里替她订的旧式婚姻，以致她的顽固的叔父宣言要用手枪打死她，但是她却仍在"胡"字上面加着一个"朱"字！近来的女子就有很多在嫁后仍只由自己的姓名，不加不减。这意义表示女子渐渐地有着她们自己的独立的地位，不是属于任何人所有的了。但是在我的母亲的时代，不但不能学"朱胡彬夏"的用法，简直根本就好像没有名字！我说"好像"，因为那时的女子也未尝没有名字，但在实际上似乎就用不着。像我的母亲，我听见她的娘家的人们叫她做"十六小姐"，男家大家族里的人们叫她做"十四少奶"，后来我的父亲做官，人们便叫做"太太"始终没有用她自己名字的机会！我觉得这种情形也可以暗示妇女在封建社会里所处的地位。

我的母亲在我十三岁的时候就去世了。我生的那一年是在九月里生的，她死的那一年是在五月里死的，所以我们母子两人在实际上相聚的时候只有十一年零九个月。我在这篇文里对于母亲的零星追忆，只是这十一年里的前尘影事。

我现在所能记得的最初对于母亲的印象，大约在两三岁的时候。我记得有一天夜里，我独自一人睡在床上，由梦里醒来，朦胧中睁开眼睛，模糊中看见由垂着的帐门射进来的微微的灯光。在这微微的灯光里瞥见一个青年妇人拉开帐门，微笑着把我抱起来。她嘴里叫我什么，并对我说了什么，现在都记不清了，只记得她把我负在她的背上，跑到一个灯光灿烂人影憧憧往来的大客厅里，走来走去"巡阅"着。大概是元宵吧，这大客厅里除有不少成人谈笑着外，有二三十个孩童提着各色各样的纸灯，里面燃着蜡烛，三五成群地跑着玩。我此时伏在母亲的背上，半醒半睡似的微张着眼看这个，望那个。那时我的父亲还在和祖父同住，过着"少爷"的生活；父亲有十来个弟兄，有好几个都结了婚，所以这大家族里看着这么多的孩子。母亲也做了这大家族里的一分子。她十五岁就出嫁，十六岁那年养我，这个时候才十七八岁。我由现在追想当时伏在她的背上睡眼惺忪所见着的她的容态，还感觉到她的活泼的欢悦的柔和的青春的美。我生平所见过的女子，我的母亲是最美的一个，就是当时伏在母亲背上的我，也能觉到在那个大客厅里许多妇女里面：没有一个及得到母亲的可爱。我现在想来，大概在我睡在房里的时候，母亲看见许多孩子玩灯热闹，便想起了我，也许蹑手蹑脚到我床前看了好几次，见我醒了，便负我出去一饱眼福。这是

我对母亲最初的感觉，虽则在当时的幼稚脑袋里当然不知道什么叫做母爱。

后来祖父年老告退，父亲自己带着家眷在福州做候补官。我当时大概有了五六岁，比我小两岁的二弟已生了。家里除父亲母亲和这个小弟弟外，只有母亲由娘家带来的一个青年女仆，名叫妹仔。"做官"似乎怪好听，但是当时父亲赤手空拳出来做官，家里一贫如洗。我还记得，父亲一天到晚不在家里，大概是到"官场"里"应酬"去了，家里没有米下锅；妹仔替我们到附近施米给穷人的一个大庙里去领"仓米"，要先在庙前人山人海里面拥挤着领到竹签，然后拿着竹签再从挤得水泄不通的人群中，带着粗布袋挤到里面去领米；母亲在家里横抱着哭涕着的二弟踱来踱去，我在旁坐在一只小椅上呆呆地望着母亲，当时不知道这就是穷的景象，只诧异着母亲的脸何以那样苍白，她那样静寂无语地好像有着满腔无处诉的心事。妹仔和母亲非常亲热，她们竟好像母女，共患难，直到母亲病得将死的时候，她还是不肯离开她，把孝女自居，寝食俱废地照顾着母亲。

母亲喜欢看小说，那些旧小说，她常常把所看的内容讲给妹仔听。她讲得媚媚动听，妹仔听着忽而笑容满面，忽而愁眉双锁。章回的长篇小说一下讲不完，妹仔就很不耐地等着母亲再看下去，看后再讲给她听。往往讲到孤女患难，或义妇含冤的凄惨的情形，她两人便都热泪盈眶，泪珠尽往颊上涌流着。那时的我立在旁边瞧着，莫名其妙，心里不明白她们为什么那样无缘无故地挥泪痛哭一顿，和在上面看到穷的景象一样地不明白其所以然。现在想来，才感觉到母亲的情感的丰富，并觉得她的讲故事能那样地感动着妹仔。如果母亲生在现在，有机会把自己造成一个教员，必可成为一个循循善诱的良师。

我六岁的时候，由父亲自己为我"发蒙"，读的是《三字经》，第一天上的课是"人之初，性本善；性相近，习相远"。一点儿莫名其妙！一个人坐在一个小客厅的炕床上"朗诵"了半天，苦不堪言！母亲觉得非请一位"西席"老夫子，总教不好，所以家里虽一贫如洗，情愿节衣缩食，把省下的钱请一位老夫子。说来可笑，第一个请来的这位老夫子，每月束脩只须四块大洋（当然供膳宿），虽则这四块大洋，在母亲已是一件很费筹措的事情。我到十岁的时候，读的是"孟子见梁惠王"，教师的每月束脩已加到十二元，算增加了三倍。到年底的时候，父亲要"清算"我平日的功课，在夜里亲自听我背书，很严厉，桌上放着一根两指阔的竹板。我的背向着他立着背书，背不出的时候，他提一个字，就叫我回转身来把手掌展放在桌上，他拿起这根竹板很重地打下来。我吃了这一下苦头，痛是血肉的身体所无法避免的感觉，当然失声地哭了，但是还要忍住哭，回过身去再背。不幸又有一处中断，背不下去，经他再提一字，再打一下。呜呜咽咽地背着那位前世冤家的"见梁惠王"的"孟子"！我自己呜咽着背，同时听得见坐在旁边缝着的母亲也唏唏嘘嘘地泪如泉涌地哭着。我心里知道她见我被打，她也觉得好像刺心的痛苦，和我表着十二分的同情，但她却时时从呜咽着的断断续续的声音里勉强说着"打得好！"她的饮泣吞声，为的是爱她的儿子；勉强硬着头皮说声"打得好"，为的是希望她的儿子上进。由现在看来，这样的教育方法真是野蛮之至！但于我不敢怪我的母亲，因为那个时候就只有这样野蛮的教育法；如今想起母亲见我被打，陪着我一同哭，那样的母爱，仍然使我感念着我的慈爱的母亲。背完了半本"梁惠王"，右手掌打得发肿有半寸高，偷向灯光中一照，通亮，好像满肚子装着已成熟的丝的蚕身一样。母亲含着泪抱我上床，轻轻把被窝盖上，向我额上吻了几吻。

当我八岁的时候，二弟六岁，还有一个妹妹三岁。三个人的衣服鞋袜，没有一件不是母亲自己做的。她还时常收到一些外面的女红来做，所以很忙。我在七八岁时，看见母亲那样辛苦，心里已知道感觉不安。记得有一个夏天的深夜，我忽然从睡梦中醒了起来，

因为我的床背就紧接着母亲的床背，所以从帐里望得见母亲独自一人在灯下做鞋底，我心里又想起母亲的劳苦，辗转反侧睡不着，很想起来陪陪母亲。但是小孩子深夜不好好的睡，是要受到大人的责备的，就说是要起来陪陪母亲，一定也要被申斥几句，万不会被准许的（这至少是当时我的心理），于是想出一个借口来试试看，便叫声母亲，说太热睡不着，要起来坐一会儿。出乎我意料之外的，母亲居然许我起来坐在她的身边。我眼巴巴地望着她额上的汗珠往下流，手上一针不停地做着布鞋——做给我穿的。这时万籁俱寂，只听到滴搭的钟声，和可以微闻得到的母亲的呼吸。我心里暗自想念着，为着我要穿鞋，累母亲深夜工作不休，心上感到说不出的歉疚，又感到坐着陪陪母亲，似乎可以减轻些心里的不安成分。当时一肚子里充满着这些心事，却不敢对母亲说出一句。才坐了一会儿，又被母亲赶上床去睡觉，她说小孩子不好好的睡，起来干什么！现在我的母亲不在了，她始终不知道她这个小儿子心里有过这样的一段不敢说出的心理状态。

母亲死的时候才廿九岁，留下了三男三女。在临终的那一夜，她神志非常清楚，忍泪叫着一个一个子女嘱咐一番。她临去最舍不得的就是她这一群的子女。我的母亲只是一个平凡的母亲，但是我觉得她的可爱的性格，她的努力的精神，她的能干的才具，都埋没在封建社会的一个家族里，都葬送在没有什么意义的事务上，否则她一定可以成为社会上一个更有贡献的分子。我也觉得，像我的母亲这样被埋没葬送掉的女子不知有多少！

一九三六，一，十日，深夜

工程师的幻想

　　我的父亲所以把我送进南洋公学附属小学，因为他希望我将来能做一个工程师。当时的南洋公学是国内数一数二的工程学校，由附属小学毕业可直接升中院（即附属中学），中院毕业可直接升上院（即大学），所以一跨进了附属小学，就好像是在准备做工程师了。我在那个时候，不知道工程师究竟有多大贡献，模模糊糊的观念只是以为工程师能造铁路，在铁路上做了工程师，每月有着一千或八百元的丰富的薪俸，父亲既叫我准备做工程师，我也就冒冒失失地准备做工程师。其实讲到我的天性，实在不配做工程师。要做工程师，至少对于算学、物理一类的科目能感到浓厚的兴趣和特殊的机敏。我在这方面的缺憾，看到我的弟弟在这方面的特长，更为显著。我们年纪很小还在私塾的时候，所好便不同。当时我们请了一位老夫子在家里教着"诗云子曰"，并没有什么算学的功课，但是我的弟弟看见家里用的厨子记帐的时候打着算盘，就感觉到深

刻的兴趣，立刻去买了一本"珠算歌诀"，独自一人学起什么"九归"来了。我看了一点不感觉兴味，连袖手旁观都不干。我只有趣味于看纲鉴，读史论。后来进了小学，最怕的科目便是算学。当时教算学的是吴叔厘先生。他的资格很老，做了十几年的算学教员，用的课本就是他自己编的。我看他真是熟透了，课本里的每题答数大概他都背得出来！他上课的时候，在黑板上写着一个题目，或在书上指定一个题目，大家就立刻在自己桌上所放着的那块小石板上，用石笔的的答答地算着。不一会儿，他老先生手上拿着一个记分数的小簿子，走过一个一个的桌旁，看见你的石板上的答数是对的，他在小簿上记一个记号；看见你的石板上的答数不对，他在小簿上另记一个记号。我愈是着急，他跑到我的桌旁似乎也愈快！我的答数对的少而错的多，那是不消说的。如我存心撒烂污，那也可以处之泰然，但是我却很认真，所以心里格外地难过，每遇着上算学课，简直是好像上断头台！当时如有什么职业指导的先生，我这样的情形一定可供给他一种研究的材料，至少可以劝我不必准备做什么工程师了。但是当时没有人顾问到这件事情，我自己也在糊里糊涂中过日子。小学毕业的时候，我的算学考得不好，但是总平均仍算是最多，在名次上仍占着便宜。刚升到中院后，师友们都把我当作成绩优异的学生，只有我自己知道在实际上是不行的。

但是大家既把我误看作成绩优异的学生，我为着虚荣心所推动，也就勉为其难，拼命用功，什么"代数"哪、"几何"哪，我都勉强地学习，考的成绩居然很好，大考的结果仍侥幸得到最前的名次；但是我心里对这些课目，实在感觉不到一点兴趣。这时候我的弟弟也在同一学校里求学，我们住在一个房间里。我看他做算学问题的时候，无论怎样难的题目，在几分钟内就很顺手地得到正确的答数；我总是想了好些时候才勉强得到，心里有着说不出的烦闷。我把这些题目勉强做好之后，便赶紧把课本搁在一边，希望和它永别，留出时间来看我自己所要看的书。这样看来，一个人在学校里表面上的成绩，以及较高的名次，都是靠不住的，惟一的要点是你对于你所学的是否心里真正觉得很喜欢，是否真有浓厚的兴趣和特殊的机敏；这只有你自己知道，旁人总是隔膜的。

我进了中院以后，仍常常在夜里跑到附属小学沈永瘫先生那里去请教。他的书橱里有着全份的《新民丛报》，我几本几本的借出来看，简直看入了迷。我始终觉得梁任公先生一生最有吸引力的文章要算是这个时代的了。他的文章的激昂慷慨，淋漓痛快，对于当前政治的深刻的评判，对于当前实际问题的明锐的建议，在他的那支带着情感的笔端奔腾澎湃着，往往令人非终篇不能释卷。我所苦的是在夜里不得不自修校课，尤其讨厌的是做算学题目；我一面埋头苦算，一面我的心却常常要转到新借来放在桌旁的那几本《新民丛报》！夜里十点钟照章要熄灯睡觉，我偷点着洋蜡烛躲在帐里偷看，往往看到两三点钟才勉强吹熄烛光睡去。睡后还做梦看见意大利三杰和罗兰夫人（这些都是梁任公在《新民丛报》里所发表的有声有色的传记）！这样准备做工程师，当然是很少希望的了！

（原载1936年11月1日上海《生活星期刊》第1卷第22号）

深挚的友谊

　　跨进了约翰之后，课程上的烦闷消除了，而经济上的苦窘还是继续着。辛辛苦苦做了几个月的青年"老学究"所获得的经费，一个学期就用得精光了，虽则是栗栗危惧地使用着。约翰是贵族化的学校，富家子弟是很多的。到了星期六，一辆辆的汽车排在校前好像长蛇阵似的来迎接"少爷们"回府，我穿着那样寒酸气十足的衣服跑出门口，连黄包车都不敢坐的一个穷小子，望望这样景象，觉得自己在这个学校简直是个"化外"的人物！但是我并不自馁，因为我打定了"走曲线"的求学办法。

　　但是我却不得不承认，关于经济方面的应付，无论怎样极力"节流"，总不能一文不花；换句话说，总不能一点"开源"都没有。这却不是完全可由自己作主的了！在南洋附属小学就做同学的老友郁锡范先生，那时已入职业界做事；我实在没有办法的时候，往往到他那里去五块十块钱的借用一下，等想到法子的时候再还。

他的经济力并不怎样充分，但是隔几时暂借五块十块钱还觉可能；尤其是他待我的好，信我的深，使我每次借款的时候并不感觉到有着丝毫的难堪或不痛快的情绪，否则我虽穷得没有办法，也是不肯随便向人开口的。在我苦学的时候，郁先生实在可算是我的"鲍叔"。最使我感动的是有一次我的学费不够，他手边也刚巧在周转不灵，竟由他商得他的夫人的同意，把她的首饰都典当了来助我。但是他对于我的信任心虽始终不变，我自己却也很小心，非至万不得已时也绝对不向他开口借钱；第一次的借款未还，绝对不随便向他商量第二次的借款。一则他固然也没有许多款可借；二则如果过于麻烦，任何热心的朋友也难免于要蹙眉的。

我因为要极力"节流"，虽不致衣不蔽体，但是往往衣服破烂了，便无力置备新的；别人棉衣上身，我还穿着夹衣。蚊帐破得东一个洞，西一个洞，蚊虫乘机来袭，常在我的脸部留下不少的成绩。这时注意到我的情形的却另有一位好友刘威阁先生。他是在约翰和我同级的，我刚入约翰做新生的时候，第一次和他见面，我们便成了莫逆交。他有一天由家里回到学校，手里抱着一大包的衣物，一团高兴地跑进了我的卧室，打开来一看，原来是一件棉袍，一顶纱帐！我还婉谢着，但是他一定要我留下来用。他那种特别爱护我的深情厚谊，实在是使我一生不能忘的。那时他虽已结了婚，还是和大家族同居的，他的夫人每月向例可分到大家族津贴的零用费十块钱；有一次他的夫人回苏州娘家去了一个月，他就硬把那十块钱给我用。我觉得这十块钱所含蓄的情义，是几十万几百万的巨款所含蓄不了的。

我国有句俗话，叫做"救急不救穷"，就个人的能力说，确是经验之谈。因为救急是偶然的、临时的；救穷却是长时期的。我所得到的深挚的友谊和热诚的赞助，已是很难得的了，但是经常方面还需要有相当的办法。我于是开始翻译杜威所著的《民治与教育》。但是巨著的译述，有远水不救近火之苦，最后还是靠私家教

课的职务。这职务的得到，并不是靠什么职业介绍所，或自己登报自荐，却是和我在南洋时一样，承蒙同学的信任，刚巧碰到他们正在替亲戚物色这样的教师。我每日下午下课后就要往外奔，教两小时后再奔回学校。这在经济上当然有着相当的救济，可是在时间上却弄得更忙。忙有什么办法？只有硬着头皮向前干去。白天的时间不够用，只有常在夜里"开夜车"。

后来我的三弟进南洋中学，我和我的二弟每月各人还要设法拿几块钱给他零用，我经济上又加上了一点负担。幸而约翰的图书馆要雇用一个夜里的助理员，每夜一小时，每月薪金七块钱。我作毛遂自荐，居然被校长核准了。这样才勉强捱过难关。

毕云程先生乘汽车赶来借给我一笔学费，也在这个时期里，这也是我所不能忘的一件事，曾经在《萍踪寄语》初集里面谈起过，在这里就不赘述了。

深挚的友情是最足感人的。就我们自己说，我们要能多得到深挚的友谊，也许还要多多注意自己怎样做人，不辜负好友们的知人之明。

（原载1937年4月上海生活书店《经历》）

萧伯纳的夫人

　　英国的萧伯纳是现代的一位名震世界的文学家，他幼年对于自己个性及特长之爱惜，与后来投身社会之奋斗生涯，记者曾两次为文叙述其概略。诚以一个人在学问或事业上真能有所树立，闻者往往眩于他的声誉震动寰宇，但见其光耀境域，而初未想到天下无不劳而获的真正学问，无不劳而获的真正事业，此种光耀境域的底面，实含有艰苦困难的处境，咬紧牙根的努力，所以像萧伯纳那样的经历，很值得我们的注意。我现在要谈谈这位文豪的家庭，所以要接着做这篇短文，把萧伯纳夫人之为人，介绍给读者诸君。

　　萧伯纳夫人在未嫁以前是平汤馨女士（Charlotte Frances Pagne-Townshend），对于社会服务，非常尽力，所以关于社会改造的各种运动，她无不用全副精神参加。她富有组织的能力和管理的能力，但她不喜欢出风头，因此在实地去做的方面常看见她在那里欣欣然尽其心力的干，在报纸上和可以吸引公众注意的场所，却不大看见她的名字和踪迹。

她遇着萧伯纳和他做朋友的时候，老萧还是一个无名小卒，还是一个正在努力竞存的新闻记者，但是她已经很敬重他的才学，很敬重他的为人。有一次萧伯纳因意外受伤，一病几至不起，由女士尽心看护，竟获痊愈，痊愈后他感于女士的情谊，就在1898年和女士结婚，得女士的鼓励和安慰，使他能够弃新闻业而专心致志于他天性及特长所近的事业——戏剧的著作。当时萧伯纳已经四十二岁了。有志努力的人，四十二岁也还是可以努力的，不怕迟；年纪更小于此的，更是不必自馁了。所最可怕的是年未老而精神先老，体格先老，志气先老，那就虽然不是"老朽"，却已是"朽木不可雕也"的青年或壮年，实际上已成了"青朽"或"壮朽"了。

萧伯纳至今谈起他们俩举行结婚礼时候的一段笑话，还笑不可抑。据他说，当时他们俩的婚礼是定在一个注册局里举行的。他预先在许多朋友里面请定两位做证人，这两位之中有一位就是很著名的社会哲学家瓦勒斯（Graham Wallas）。他们这两位朋友逢此盛会，都把最好的衣服穿在身上，比那天的新郎不知道好了多少，因为当时的萧伯纳所有的衣服，简直没有一件够得上"最好的"形容词。那位新郎虽在那里起劲得很，但是那位准备主持婚礼的注册办事员却不以为他是新郎，所以当行礼的时候，证人和新郎新娘立在一起，那位注册办事员开口执行主婚的当儿，竟把眼睛望着那位一身穿着"最好的"衣服的瓦勒斯，险些儿把平汤馨女士嫁给他！这个错误当然立刻即被纠正，但当时的那幕情景却令人发噱。

萧伯纳夫人是一位妩媚悦人蔼然可亲的女子，她的温柔和善的性情和态度，凡是遇着她的人，没有不受感动的。她的幽默的天性，和萧伯纳一样，无论她的家庭在伦敦的什么地方——从前在伦敦的爱德尔飞（Adrlphi），最近在伦敦的怀德荷（Whitehall）——那个地方的许多朋友以及他们的家庭，都觉得她的感化力之伟大。

萧伯纳夫人对于自己家庭的布置安排，异常的简静而合于美术。这种和谐的环境，愈益引起萧伯纳的文思。这种和谐的环境，任何人的躁急性子，都要被它所融化。

萧伯纳夫人是她丈夫的亲密的伴侣；她对于他的事业，对于他的思想，具有十分的热诚与同情，无时不在那里协助他，鼓励他，安慰他。她所以能成为她丈夫的同情伴侣，尤其因为她自己也是有文学的天才，不过因为她丈夫的盛名而掩蔽了不少。

萧伯纳夫人对于英国的舞台上的文学，有一个很重要的大贡献，便是她不畏艰难的把法国的著名戏剧家白利欧（Eugene Brieux 1858）的剧本介绍到英国来。她敬重白利欧的剧本，好像她丈夫有一时敬重易卜生（Henrik Ibsen，1828–1906，挪威的著名戏剧家及诗人）的剧本一样。白利欧也是一位社会改造家，他有勇气批评近世文明里的缺点，以及历代相传视为当然的许多问题。萧伯纳夫人自己也是一位社会改造家与理想家，所以对白利欧的著作很表同情，就把他的许多名著，由法文译成英文，译本畅达流利，声誉鹊起，同时因为她自己也是英国舞台协会执行委员之一，用许多方法劝请审查委员会允许白利欧的剧本在英国舞台上演，起初有许多人反对，后来终因她的毅力主持，获得胜利。

平汤馨女士是萧伯纳的活泼的同情的伴侣，萧伯纳在近代文坛上的声誉，在促成他成功的要素里面，这位贤夫人的力量不小。她替世界上成全了这样一位文学家，这不仅是她自己对于丈夫的事情，不仅是她自己对于丈夫的贡献。

（原载1929年4月28日《生活》周刊第4卷第22期）

极怕新闻记者的文学家

"古之学者为己，今之学者为人"，所谓"为己"者，是极力求自己获得实际的学问，"为人"者即有了一知半解，或竟一无所知，却不患无可知，但患人之不已知。前者是脚踏实地的做工夫，后者则憧憧往来，以滥出风头自扰心志。像震动科学界的发明家安斯坦极不愿意有人替他做广告，很不喜欢看见新闻记者把他的相片登在报上。现在又有一位极怕新闻记者的文学家，比安斯坦还要厉害。这位文学家就是罕姆森（Kunt Hamsum），挪威人，以能深刻描写农民生活闻于民，曾于1920年获得诺贝尔文学奖金。挪威国得到这位在国际上替祖国争光的文学家，简直把他当作国宝，今年8月4日是他的七十寿辰，挪威全国替他庆祝，简直好像是一件有关全国的大事。这是由于全国人民敬仰他而出于自动的行为，并不是由政府出了什么命令指使的。这总算得是一件很出风头的事情，但是这位文学家却是著名的怕出风头，极怕有人替他吹，因此极怕新闻记者。

这次逢他七十大庆的机会，挪威国的许多新闻记者又想包围他，弄点谈话的材料刊登出来，但是还是失败。在将近他生日的那几天，有许多新闻记者各处寻他，都被他躲掉，后来在他寿辰的前一天，居然有三个新闻记者在克立斯坦孙（Christiansand系挪威南部一个海口）地方寻见他和他的夫人玛利。但他们夫妇俩一觉得有新闻记者追踪，立刻跃入汽车，向树林中急驰，三个记者虽分途赶去，还是赶得一场空。

比较的有点记载登出来的要算是哥本赫根（Copenhagen丹麦国的京城）有一家报纸，名叫"Afterposten"。这家报馆最近有一个新闻记者知道罕姆森因旅行到了该处住在一个旅馆里，他不待通报，闯入旅馆里去自动的寻觅，忽在一个走廊上瞥见罕姆森，当时罕姆森正要步入走廊旁的一个房间。这位眼灵腿敏的新闻记者三步改作两步的追上去，先把自己介绍后，不敢说出他所厌闻的一个字，就是"接谈"（"interview"），只不过临时问他几个问句，那位文学家对这个新闻记者相了一会儿，回答道："务请你做个好事，让我安宁罢。我告诉你，我并不住在这里。再会，先生！"说了就走，这就算是这家报纸所得到的和他"接谈"的记载了！

照我们看起来，罕姆森的怕宣传似乎未免过分些，但以他这样在世界文坛上鼎鼎大名的文学家，而生性却如此之不喜张扬，也无非宁愿过心安理得脚踏实地的生活，而不愿过表面浮华而内心感觉空虚的生活。世之但知热中钻营欺世盗名而一点不肯反躬自省，一点不想到自己能力怎样，一点不想做点实际工夫的人，对之似乎不能无愧。

（原载1929年10月27日《生活》周刊第4卷第48期）

辛克莱路易斯

辛克莱路易斯（Sinclair Lewis）是获得1930年瑞典诺贝尔文学奖金以讽刺小说惊动世界文坛的美国小说家。他今年已四十五岁，但他在二十三年前毕业于耶路大学后，即为新闻记者及杂志编辑，笔墨生涯即已开始。在十六年前，他的第一部小说"Our Mr.Wrenn"问世，在当时仍默默无闻，随后四五年间又续出小说四种，仍不为人所注意。幸此时他已可恃小说自维其生计，将积蓄所得，驾一汽车，遍游美国全境，观察各地风俗人情，搜集无数琐屑材料，根据观察思索所得，精心结撰，至1920年，距今得文学奖金恰为十年，他的最先著名的小说《大街》（Main Street）出版，距第一部长说问世的时期为六年。记者所以郑重把时间的距离提出，长者二十余年，短者亦六年，足以表示一业之成皆须有其相当之准备与努力乃至失败时期的经过，决无一蹴可几，咄嗟立就者。

准备与努力固为要素，尤要者在能独出心裁，不落恒蹊。美国以首富闻于天下，科学发达，物质享用日新月异，在常人殆歌舞升平，称颂功德之不暇，而路易斯独用其锐敏眼光作深切之观察，对美国文化作激烈的攻击，对于美国各大学顽旧思想的人物尤明目张胆猛攻不遗余力，其严厉之批评与直率之态度，遂引起国内顽旧派之反感，有的竟说瑞典文学院本届以文学奖金给与路易斯简直是侮辱美国，其所受之反感可以想见，但路易斯并不为之气馁，在本年1月间由美亲赴瑞典参与授奖典礼时，其演辞中仍是充满反抗现实的态度，他在此批评美国思想之落伍，有这几句话："我们大多数人所敬重的时髦杂志的著作家，仍是那些满嘴高唱着一万二千万人口的美国，其简单与仅属村舍的性质，与四千万人口的美国一样；以为现在有了一万工人的工厂，其中工人和经理的关系仍和1840年只有五个工人时候一样的亲近，一样的不复杂；以为现在家人虽住在三十层楼公寓中的一所房屋，下面有三辆汽车等候着应用，书架上只有五本书，下星期也许就有离婚的危机，却说父子间的关系和夫妇间的关系，和1884年玫瑰花笼罩五个房间村舍时代完全一样。总而言之，美国虽经过了一种革命的改变，由粗率的殖民地一变而为世界上一大国，他们以为山叔叔的田舍的和清教徒的简单生活仍是一点未曾改变。"美国舆论界对他这样的批评持异议者颇多，但记者译述他这几句话时，想到我国一般国民的思想态度是否能与我们现在所处的时代相应，倒是一个很有研究价值的问题。

他的那部最先著名的杰作《大街》，出版后，风行之广，再版之速，为始料所不及，几于全国人手一编，其魔力之大，为十年来小说界中所仅见。该书以一医士之妻与其夫为主角，描写美国西中部乡镇生活之狭陋，其地只有一大街，可容一福特汽车通过，此镇居民蠕蠕然活动于此街，其思想之平凡，见识之浅陋，趣味之狭小，在旁人视之，到处可鄙可笑，而彼等乃麻木无知，无从启发。此医士之妻在做女学生时代，本有提倡文艺改良社会的志愿，乃嫁此医生后，意志逐渐消磨，碌碌一生，事夫育儿以终。著者之意，

此镇上非无头脑较为敏锐之人，惟头脑敏锐，则与庸俗格格不相入，终为同化而成一样的麻木。居民除机械的物质生活外，不知其他。著者对于美国现代文化深致不满，虽尽其冷嘲热讽之能事，却具有提高之热诚，使读者发生超脱环境之感想。

（原载1931年3月14日《生活》周刊第6卷第12期）

悼王永德先生

在国难这样严重的时候，哭爱国青年王永德先生的死，实在增加我的无限的悲痛。

永德，江苏常熟人，七岁进本乡的梅李小学，十二岁毕业，在原校补习两年，十五岁考进生活周刊社做练习生（民国18年10月）。他为人沉默厚重，常常不声不响地把所办的事做得妥妥帖帖。我最初只感觉到他的书法进步得很快，办事的能力一天天充实起来，不久我便出国视察，和他分别了两年多。在国外的时候，常常接到他的信，很惊异他的文笔和思想进步得那样快。去年我回国后创办《大众生活》周刊，请他襄助编辑，同时帮助一部分信件的事情。他办事非常认真负责，把《大众生活》的事情看作他自己的事情。同时他又不顾劳瘁地参加救国运动。我办《生活日报星期增刊》的时候，仍请他帮忙，我们总是共同工作到深夜。他在公余，自己不停地研究，该刊五号《怎样研究时事动态》一文，就是他做的。他

不但办事得力，思想进步，写作的能力也有突飞的猛进。我最近请他帮杜重远先生编了《狱中杂感》一书。这本书我原答应做一篇序文，但是因为忙得不可开交，延搁又延搁，他常常催我，前几天才写好付印。本月3日听说他患伤寒症在仁济医院，我赶去看他的时候，他已不能认识我，我叫了好几声，他才在迷惘中知道是我。在那样的神志昏迷中，他第一句突然出口的便是"杜先生的书已出版了没有？"他在那样苦楚中还流露着这样负责的精神，我听着真心如刀割！

我随请一位西医好友去看他，据说他的病症虽很危险，脉息还好，还不无希望，不料竟于11月9日的早晨5点半钟去世。他死的时候才二十岁。人才培养不易，像王永德这样的人才，不是容易培养成功的，不幸这样短命，我不仅为私谊哭，实为社会哭。

（原载1936年11月15日上海《生活星期刊》第1卷第24号）

苦学时代的教书生涯

　　我在做苦学生的时代，经济方面的最主要的来源，可以说是做家庭教师。除在宜兴蜀山镇几个月所教的几个小学生外，其余的补习的学生都是预备投考高级中学的。好些课程由一个人包办，内容却也颇为复杂。幸而我那时可算是一个"杂牌"学生：修改几句文言文的文章，靠着在南洋公学的时候研究过一些"古文"；教英文文学，靠着自己平日对这方面也颇注意，南洋和约翰对于英文都有着相当的注重，尤其是约翰；教算学，不外"几何"和"代数"，那也是在南洋时所熟练过的。诸君也许要感觉到，算学既是我的对头，怎好为人之师，未免误人子弟。其实还不至此，因为我在南洋附属中学时，对于算学的成绩还不坏，虽则我很不喜欢它。至少教"几何"和"代数"，我还能胜任愉快。现在想来，有许多事真是在矛盾中进展着。我在南洋公学求学的时候，虽自觉性情不近工科，但是一面仍尽我的心力干去，考试成绩仍然很好，仍有许多同

学误把我看作"高材生"，由此才信任我可以胜任他们所物色的家庭教师。到约翰后，同学里面所以很热心拉我到他们亲戚家里去做家庭教师，也因为听说我在南洋是"高材生"；至少由他们看来，一般的约翰生教起国文和算学来总不及我这个由南洋来的"高材生"！我既然担任家庭教师的职务，为的是要救穷，但是替子弟延请教师的人家所要求的条件却不是"穷"，仅靠"穷"来寻觅职业是断然无望的。我自己由"工"而"文"，常悔恨时间的虚耗，但是在这一点上却无意中不免得到一些好处；还是靠我在读工科的时候仍要认真，不肯随随便便撒烂污。

在我自己方面，所以要担任家庭教师，实在是为着救穷，这是已坦白自招的了（这倒不是看不起家庭教师，却是因为我的功课已很忙，倘若不穷的话，很想多用些工夫在功课方面，不愿以家庭教师来分心）。可是在执行家庭教师职务的时候，一点不愿存着"患得患失"的念头，对于学生的功课异常严格，所毅然保持的态度是："你要我教，我就是这样；你不愿我这样教，尽管另请高明。"记得有一次在一个人家担任家庭教师，那家有一位"四太爷"，掌握着全家的威权，全家上下对他都怕得好像遇着了老虎，任何人看他来了都起立致敬。他有一天走到我们的"书房"门口，我正在考问我所教的那个学生的功课，那个学生见"老虎"来了，急欲起来立正致敬，我不许他中断，说我教课的时候是不许任何人来阻挠的。事后那全家上下都以为"老虎"必将大发雷霆，开除这个大胆的先生。但是我不管，结果他也不敢动我分毫。我所以敢于强硬的，是因为自信我在功课上对得住这个学生的家长。同时我深信不严格就教不好书，教不好书我就不愿干，此时的心里已把"穷"字抛到九霄云外了！

这种心理当然是很矛盾的。自己的求学费用明明要靠担任家庭教师来做主要来源，而同时又要这样做硬汉！为什么要这样呢？我自己也并没有什么理论上的根据，只是好像生成了一副这样的性格，遇着当前的实际环境，觉得就应该这样做，否则便感觉得痛苦不堪忍受。

出乎我意料之外的是：我这样的一个"硬汉教师"，不但未曾有一次被东家驱逐出来，而且凡是东家的亲友偶然知道的，反而表示热烈的欢迎，一家结束，很容易地另有一家接下去。我仔细分析我的"硬"的性质，觉得我并不是瞎"硬"，不是要争什么意气，只是要争我在职务上本分所应有的"主权"。我因为要忠于我的职务，要尽我的心力使我的职务没有缺憾，便不得不坚决地保持我在职务上的"主权"，不能容许任何方面对于我的职务作无理的干涉或破坏（在职务上如有错误，当然也应该虚心领教）。我不但在做苦学生时代对于职务有着这样的性格，细想自从出了学校，正式加入职业界以来，也仍然处处保持着这样的性格。我自问在社会上服务了十几年，在经济上仅能这手拿来，那手用去，在英文俗语所谓"由手到嘴"的境况中过日子，失了业便没有后靠可言，也好像在苦学生时代要靠着工作来支持求学的费用，但是要使职务不亏，又往往不得不存着"合则留，不合则去"的态度。所以我在职业方面，也可说是一种矛盾的进展。

（原载1937年4月上海生活书店《经历》）

大发明家的特别脑子

"发明家"上面再加上一个"大"字，爱迪生总可以当之而无愧了。他在美国专利局注册过的发明的东西已在三百件以上，此外对于小机件之创造及改进，不在专利之列的，还有数千件，真是科学发明界的奇杰。他的发明事业中最显著的是留声机，电灯，长途电话，增声机（megaphone，此机能使声音增大，传达数英里之远），电影机，炭制电话传声机，双线电报机等。我们用电灯时，想起爱迪生；我们听留声机或看电影时想起爱迪生；我们打电话，尤其是打长途电话时，想起爱迪生；我们打电报时也忘不掉他的一部分重要的贡献。

禅晖君曾在《生活》周刊做过一篇《特别脑子的资本家》，我想资本家的特别脑子大概不外"残酷"两字。残酷是最要不得的东西，这种特别脑子当然越少越好。但是有一种特别脑子却是越多越好，这便是大发明家的特别脑子。像上面所说的那位大发明家有何特别脑子？他的特别脑子里从小就有两样东西，一样是"不肯停息的好奇心"（restless curiosity），一样是"永不屈服的忍耐力"（unconquerable patience）。

关于他的"永不屈服的忍耐力"，请诸君可参看《照耀世界的五十周年纪念》一文，此处我不必赘述。现在我要谈谈他从小就有的"不肯停息的好奇心"。

他从小无论遇着什么东西，都要研究研究看，几乎无处无事不引起在当时还不到十岁的这个小把戏。他于1847年生于渥海渥州的密伦镇（Milan,Ohio）。当时那个地方是刚开始的垦荒之地，所产木材很多，由运河运出，他竟在木厂左右拾得木片屑，回家大研究，大试验，他的老子给他问得不亦乐乎，问得他说不出话来。他的老子是跑来跑去开垦的，跟着当时寻觅金子的潮流想发财。他的母亲却做过小学教师，富于理想。晚间他的母亲叫他立在膝旁教他，他的父亲穿着拖鞋在火炉旁坐着，心想这个小把戏一定缺乏常儿的理解力，否则何以问个不休？他对他的老婆说，有许多东西，无论什么人都能够知道的，何以这个小把戏对于这些东西问得那样厉害？他嘴里虽如此说他的小把戏，但他却承认他已尽所知的回答完了，已经不能再答下去了。爱迪生此时的知识已不限于他的贤母膝旁的教导，因为他已经常常自己瞎做试验，简直无物不试验，范围很广。

爱迪生在十二岁的时候，惟一的朋友是他父亲的一个帮工，名叫奥次（Michael Oaies），年岁虽比他的父亲还要大，但是性情却非常的和蔼。这个十二岁的小把戏忽妙想天开，想到试验飞行的方法。他想如使活的大块头肚子里装满气体，也许飞得起来。他看见奥次正是一个大块头，正是一个现成的试验材料，极力劝他饮了许多"沸腾粉"（seidlitz powder，能放汽起泡的，西药中用作泻药用），准备着看这个大块头肚子里装满了汽体而上升！奥次竟上了他的当，身体并未能因此飞起来，却生了一场大病！

他在十二岁前虽进了三个月的学校，专讲呆读死书的教师总说他笨，他的母亲听得厌了，很觉得他的儿子和常儿不同，便自己教。但是他的知识并不限于他母亲所教的一些东西，因为他自己的知识欲实在热炽得厉害，简直无所不读，就是跑到村上店里去，看见招牌或所挂的牌子上的字句，他也要弄个明白，问个明白，懂上明白，他因为有这样"不肯停息的好奇心"，随时随处都是他自动的真切的彻底的教育自己的机会，所以他虽然没有入校求学的机会，也能自己把这个缺憾补足，而且比在校里马马虎虎囫囵吞枣不求甚解的教育还优胜万倍。

世界上最可钦敬的是"自己做成的"（self-made）人物，就是由自己努力奋斗战胜种种困难艰险而做成的人物。像爱迪生者便可算是自己造成的人物，因为他事事由于自动，由于自己观察思考出来，他在十二岁时这个能力就很显著。他当时喜欢试验，但因经济拮据，设备不周，乃请得他父亲的允许，让他到铁路上去做一个小工。当时铁路还是很粗笨的，六七十英里的路要走一天，他看见许多客人全是坐在车里闲着无事，便又触动了他的小而锐利的脑子，想当他们在这样闲空无聊的时间内，何不售些读物让他们看看，于是他竟壮着胆自己跑到站长办公室里和站长商洽，便在车上大卖其报来，生意很好，一人竟来不及应付，他就雇了一个小把戏做助手。

他此时在家里地窖下一个小室里堆排了许多奇奇怪怪的试验用的器械，一架排满了各种流液的玻璃瓶，他在每个瓶上都写着"内有毒药"字样，使人一看就避，不至扰动他的宝物。

他到十五岁的时候，除售卖别人所出的报纸外，他自己因研究所得，也出了一种报。他所在的那辆火车里的行李车本分三节，一节是装行李用的，一节是装邮件用的，还有一节原是备乘客吸烟用的，因为没有窗，所以只空着，这个空地方又触动了爱迪生的小而锐利的脑子，弄到一部小小印刷机，塞入这节空车里去。他的报是周刊，每份只有一张，印两面，由他自己一人任主笔，任编辑，任印刷，任售卖。每份售价三分，每月定费八分，居然有三百份的销数。

他于编辑印刷售卖之外，一有暇隙，就钻进他的"行动的试验室"（"Moving Laboratory"），也就是上面所说的那一节空车的一部分；做了报馆，又要做什么试验室，简直局促得了不得！他一面忙着试验，一面又忙着读书，凡是有关机械及化学的读物，他简直无一不寓目。

有一天那辆火车因转弯时震动得厉害些，忽把爱迪生"行动的试验室"里一块磷（phosphorous）震到地板上，急得要命的爱迪生用手去抓回，已来不及。顷刻之间，火焰涌起，有一个立在近处的行李脚夫一面提着一桶水，一面还在匆匆中先狠狠的打他一个耳光，打得过分厉害，爱迪生竟因此聋了一生。

耳朵虽然打聋了，那位只知乐观奋斗的爱迪生后来还说这件不幸的事诚然使他一生不便，但却也不无好处，因为耳聋使他能在群众纷扰里面静思，把外界的喧嚣完全拒绝。我提起他这几句话，当然不是奉劝诸位做什么聋子，不过愈益可见这位大发明家的乐观奋斗之精神。

（原载1929年10月20日《生活》周刊第4卷第47期）

丢　脸！

　　日本大阪的《日日新闻》最近印行一种关于济南惨案的特刊，订成一册，里面插刊许多照片。一部分是暴日到济耀武扬威的海陆军，一部分是显出中国人的懦弱状态。他们把这样特刊向世界大发而特发，当然大丢中国人的脸，这是我们子子孙孙永不能忘的厚惠！中国人若再不排除私见，积极准备雪耻，力求一旦能伸眉吐气，有何面目与世界各国人相见？

　　我看这特刊里许多照片，最惨痛的是许多被拘的南军，手向后绑，赤着脚，哭着脸，由三五持枪暴戾的日兵在后押着走。这还说是处于强力威迫之下。尤其使我发指的是看见里面有一张照片，现着济南总商会会长孟庆宾穿着马褂，脱着小帽，笑容可掬的必恭必敬的，"鞠躬如也"和"刽子手"福田的联队长握手！就是说怕死，难道不那样笑着脸，恭而敬之，就要吃手枪吗？该刊日文当然故用挪揄的口气，在相旁表示中国人的代表欢迎日军。冤哉中国人！何为而有此无耻之尤的"代表"！

　　章乃器先生有过几句极沉痛的话。他说："什么治安维持会，要宴请日本要人，受福田的训词，什么中日联席会议，已经开会十多次了。印度亡国数十年了，到现在还要高唱'不合作'。哪里有中国人那样乖巧，一被征服就求合作如恐不及？怪不得福田司令要嘉奖他们：'办个样子，做各省模范'？"

　　民气消沉至此，真堪痛哭！

　　　　　　　　（原载《生活》周刊1928年7月8日第3卷第34期）

新闻记者

　　刚在上段论到一位因职务关系而送掉一条性命的新闻记者（刘君平日为人如何，我这个脑袋暂得保全的记者虽不深悉，但他此次丧身，既为"副刊"文字遭殃，无论有无其他陷害的内幕，他总可算是因职务而牺牲了），联想到关于新闻记者方面，还有一些意思可提出来谈谈。

　　前几天报上载着一个电讯，据说"波斯京城《古希士报》总主笔，日前以波斯王将其侍卫大臣某免职，特致电于波斯王，称贺其处置之得宜，满拟得王之嘉许，不意波王得电后，大为震怒，以一区区报馆主笔竟敢与一国君主谈论国事，遂罚彼为宫前清道夫云"。以报馆总主笔罚充宫前清道夫，这位"波王"也许是善于提倡"幽默"的一位人物。虽则那位"总主笔""满拟得王之嘉许"，一肚子怀着不高明的念头，辱不足恤，但是"以一区区报馆主笔竟敢与一国君主谈论国事"一句话，却颇足以代表一般所谓统

治者的心理。他们以为只须新闻记者能受操纵，能驯服如绵羊，便可水波不兴，清风徐来，多么舒服，其实新闻纸上的议论，不过是社会心理的一种反映，它的力量就在乎能代表当前大众的意志和要求。社会何以有如此这般的心理？大众何以有如此这般的意志和要求？这后面的原因如不寻觅出来，作根本的解决，尽管把全国的言论都变成千篇一律的应声虫，"水波不兴"的下面必将有狂澜怒涛奔临，"清风徐来"的后面必将有暴风疾雨到来！

固然，各种事业有光明的方面，往往难免也有黑暗的方面，如上面所引的"满拟得王之嘉许"的那位总主笔，便是咎由自取。不过报纸的权威并非出于主笔自身的魔术，乃全在能代表大众的意志和要求，脱离大众立场而图私利的报纸，即等于自杀报纸所以能得到权威的惟一生命，那便不打而自倒了。

（原载1933年2月4日《生活》周刊第8卷第5期）

干

南方人说"做"，北方人说"干"。我近来研究所得，觉得最好的莫如干，最不好的莫如不干。这个地方所指的事情，当然是指宗旨纯正的事情，不然做强盗也何尝用不着干。

天下事业的成功是没有底的，人生的寿数是有限的。无论哪一种学业或哪一种专学，决不是可由任何个人所能做到"后无来者"的。但是在某一专业或某一专学，我实际果然干了，能成功多少，便在这种专业或专学进步的成绩上面占一小段。继我努力的同志，便可继续这一小段后面再加上去。这逐渐加上去的小段，他的距离或长或短，换句话说，那一段所表示的成功或大或小，当然要看干的人的才智能力。但紧紧的是要干，倘若常常畏首畏尾而不干，便决无造成那一段的希望。

要养成"干"的精神，先要十分信仰天下事果然干了，无论大小，迟早必有相当的反应或结果，决不会白费工夫的。

有了这个信仰，还要牢记两点：（一）不怕繁难。愈繁难愈要干，只有干能解决繁难，不干决不能丝毫动摇繁难。（二）不怕失败，能坚持到底干去，必能成功，就是成功前所经过的失败，也是给我们教训以促进最后成功的速率。就是我个人一生失败，这种教训也能促进继我者最后成功的速率。所以还是要奋勇地干去。若不干，固然遇不着失败，也绝对遇不着成功。

（原载1928年1月8日《生活》周刊第3卷第10期）

肉麻的模仿

　　模仿本来不是坏事情，而且有意义的应需要的小模仿反是一件极好的事情，例如模仿外国货以塞漏卮，模仿强有力的海陆军以固国防，模仿良好品性以正心修身，何尝不好？但是无意识的模仿，便有不免令人肉麻的地方。

　　自从《胡适文存》出版之后，好了！这里出一部"张三文存"，那里又出一部"李四文存"！好像不印文集则已，既印文集，除了"某某文存"这几个字外，就想不出别的稍为两样一点的名称！我看了实在觉得肉麻！这种没有创作精神的"文豪"，只怕要弄到"文"而不"存"！

　　还有许多做文章的人，见别人用了什么"看了……以后"作题目，于是也争相学样，随处都可以看见"听了……以后"，"读了……以后"的依样画葫芦的题目，看了实在使人作呕！我遇见这一类题目，便老实不再看下去，因为"以后"的内容也就可想而知！

交易所初开的时候，随处都是交易所，好像除了交易所，没有别的生意好做！后来跳舞场开了，也这里一家，那里一家，好像可以开个不完！不细察实际需要而盲目模仿的事业没有不失败的，交易所和跳舞场便是好例。现在又群趋于开设理发店，将来若非一个人颈上生出两个头来，恐怕不够！

即讲到本刊的排印格式，自信颇有"独出心裁"的地方，但是近来模仿我们的刊物，已看见不少，听见有一种刊物的"主人翁"竟跑到印"生活"的那家印刷所，说所印的格式要和"生活""一色一样"！我们承社会的欢迎，正在深自庆幸，并不存什么"吃醋"的意思，不过最好大家想点新花样，若一味的"一色一样"，觉得很无味。

我们以为无论做人做事，宜动些脑子，加些思考，不苟同，不盲从，有自动的精神，有创作的心愿，总能有所树立，个人和社会才有进步的可能。

（原载1928年8月12日《生活》周刊第3卷第39期）

静

我们试冷眼观察国内外有学问的人，有担任大事业魄力的人，和富有经验的人，富有修养的人，总有一个共同的德性，便是"静"。我们试细心体会，可以看出一个人的学问、魄力、经验、修养等等的程度，往往和他们所有的"静"的程度成正比例。

静的精神之表现于外者，当然以态度言词最为显著。我们只要看见气盛而色浮，便见所得之浅；邃养之人，安详沉静，我们只要见他面色不浮，眼光不乱，便知道他胸中静定，非久养不能。

我们试看善于演说，或演说有经验的人，他的态度非常沉静安定，立在演台上的时候，身体并不十分摇动，就是手势略有动作，也是很自然的。惟其态度能如此之安定自然，所以听众也感觉得精神安定，聚其注意于他的演辞。初学演说或演说毫无经验的人，往往以为在演台上要活泼，于是摇手动脚，甚至于跑来跑去，使听众的眼光分散，注意难于集中，真所谓"弄巧成拙"！

做领袖的人，静的精神之表现于态度者尤为重要，遇着重要事故或意外事故时，常人先要惊慌纷乱，举止失措，做领袖的便要绝对的镇定，方可镇定人心，不至火上添油，越弄越糟。

不必说什么机关的领袖，就是做任何会议的一时主席，也须要具有"静"的精神的人上去，才能胜任愉快。

"静"的精神之可贵，不但关系外表，脑子要冷静，然后思想才能够明澈缜密。有了这种冷静的脑子，用来研究学问，才不至受古人所愚，才不至受今人所欺，一以理智为分析判断之准绳；有了这种冷静的脑子，用来应事应人，才能应付得当，不受欺蒙；有了这种冷静的脑子，用来立身处世，才能不为外撼，不为物移，才能不致一人誉之而喜，一人毁之而忧，才做得到得意时不放肆，失意时不烦恼，因为有了这种冷静的脑子，胸中有主，然后不为外移。

昔贤吕心吾先生曾经说过："君子处事，主之以镇静有主之心。"又说："干天下大事，非气不济，然气欲藏不欲露，欲抑不欲扬，掀天揭地事业，不动声色，不惊耳目，做得停停妥妥，此为第一妙手。"这几句话很可以说出静的妙用来。

但是我们所主张的"静"是积极的，不是消极的；是要向前做的，不是袖手好闲的。例如比足球的时候，守球门的人多么手敏眼快，但是心里是要十分冷静的，苟一心慌意乱，敌方的球到眼前还要帮助敌方挥进自己的门里去！我们是要以静为动之母，不是不动。关于这一点，吕心吾先生还有几句很可以使我们受用的话，我现在就引来做本文的结束："处天下事只消得安详二字，虽兵贵神速，也须从此二字做去。然安详非迟缓之谓也，从容详审，养奋发于凝定之中耳。是故不闲则不忙，不逸则不劳。若先急缓，则后必急遽，是事之殃也，十行九悔，岂得谓之安详？"

高　兴

咱们孔老夫子有个最得意的门生，《论语》里说他"一箪食，一瓢饮，在陋巷，人不堪其忧，回也不改其乐"。这位颜先生并非因为没菜吃，住在破烂的房子，做了这样的一个"穷措大"而不快乐。他所以还能那样高兴，是因为他对于所学实在津津有味，所以虽穷而不觉得；虽然穷得"人不堪其忧"，而他因为有心里所酷爱的学问在那里研究得实在有趣，所以仍是一团高兴。这段纪事并不是奖励人做穷人，是暗示我们总要寻出自己所高兴学的，所高兴做的事情，高高兴兴地去学，高高兴兴地去做。

电影发明大家爱迪生幼年穷苦的时候，就喜欢作科学的实验；他十几岁在火车上作小工的时候，有一天藏在火车里预备实验用的玻璃瓶偶因震动倒了下来，硝镪水倒了满处，给管车的人狠狠的打了两个耳光，把他一搂，丢到火车的外面去！他虽这样的吃了两个苦耳光，到老耳朵被他弄聋，但是他对于科学的实验还是很高兴的继续的干去，不因此而抛弃，因为这原是他所高兴学的所高兴做的事情。

这样的"高兴"精神，是最可宝贵的东西：我们倘能各人寻出自己所高兴学的所高兴做的事情，朝着这个方向往前做去，把所学的所做的事，好像和自己合而为一，这真是一生莫大的幸福。所以做父母师长的人要常常留意考察子女学生的特长和特殊的兴趣，就此方面指导他们，培养他们；做青年的人要常常细心默察自己的特长和特殊的兴趣，就此方面去准备修养；就是成年，就是在社会上的人，也要常常注意自己的特长和特殊的兴趣，就此方面继续的准备修养，寻觅相当机会，尽量的发展，各尽天赋，期收量大限度的效率。

和"高兴"精神相反的就是"弗高兴"；表面上虽在那里做，而心里实在"弗高兴"，心里既然弗高兴，当然只觉其苦而不觉其乐。《国策》里说"苏秦读书欲睡，引锥自刺其股，流血至踝！"历来传为佳话，许多人称他勤苦求学的可嘉！我以为这样求学并不是因为他高兴求学而求学，并不是因为他觉得求学中有乐处而求学，乃是把求学当作"敲门砖"当一件苦事做，所以这位老苏只不过造成一只"瞎三话四"的嘴巴，用来骗得一时的富贵，并求不出什么真学问来。我们以为求学就该在求学中寻乐趣，否则无论他的股刺了多深，血流了多少，我们却一点不觉得可贵，反而认为是戆徒的行为！

"高兴"精神之所以可贵，因为它是由心坎中出发的，不是虚荣和金钱以及其他的享用所能勉强造成的。在下朋友里面有某君现在从事一种高尚专门的新式职业，闻名于社会；进款也不少，出入乘着的是自备的汽车，住的是呱呱叫的洋房，在别人看起来，总觉得他"吭啥"了。但是我有一天和他谈起他的职业，才知道他对于所做的事情并不喜欢，而且觉得讨厌，要想拼命的赚几个钱之后改做别的事情。我觉得他在物质的享用上虽"吭啥"，而精神上的抑

郁牢骚，充满"弗高兴"的质素，竟不觉得有什么做人的乐趣！我心里暗想，这位朋友真远不及箪食瓢饮住在陋巷的穷措大颜老夫子的快乐。为什么缘故？因为一个"高兴"，一个"弗高兴"！"做到了高兴做的事情，就是箪食瓢饮住陋巷还能高兴；做弗高兴做的事情，就是洋房汽车只是弗高兴！

　　高兴的精神固然可贵，但是倘若趋入歧途，也很尴尬！上海有著名律师某君高兴于嫖，虽他的夫人防备之严有如防盗，他还是一团高兴的偷嫖。他虽十分的惧内，但是惧内的效用竟不能损他高兴的分毫，他的夫人一不提防，他就一溜烟的溜出去了！他所乘的是自己的汽车，一到了窑子的门口，总叫他的汽车夫把空车开到远远的一个地方停着，以免瞩目——他夫人的目。恰巧有一天他和一位"白相朋友"到某大旅馆开一个房间，正在征妓取乐，不料密中一疏，竟任汽车停在那个旅馆的门口。他的夫人忽然心血来潮，到他事务所来"检查"，寻不着他，于是立即乘着一部黄包车，在几条马路上大兜其圈子，实行其"巡查"，寻觅她丈夫的汽车。也算这位大律师触霉头，她凑巧寻到那个旅馆门口时，看见自己汽车的号数赫然在目。当时在汽车里正打瞌睡的汽车夫阿四，于朦胧之际忽见"太太"来了，知道"路道弗对"，便装作不知道主人到哪里去了。这位"太太"哪肯罢休，睁圆了眼睛，一把抓住阿四，大声吓道："你不说出来，明朝停你的生意！"阿四想"停生意弗是生意经"，只得老实告诉她。于是这位发冲眦裂的"太太"三步作两步走，奔入那个房间，好像霹雳一声，把那位大律师抓了出来，立刻赏给两个结结实实的响脆耳光！那位陪伴的朋友看见来势汹汹，三十六着，走为上着，一溜烟的躲而且逃！这位大律师虽经过这一场恶剧，他现在对于嫖还是一团高兴，还是东溜西溜的偷出去。爱迪生的不怕吃耳光，吃了耳光还要高兴，终成了一个有贡献于全世界人类的科学发明家；这位大律师的不怕吃耳光，吃了耳光还要高兴，也许终至倾家荡产，弄得一塌糊涂！

　　还有一点，我们也要注意的，就是具有特别天才的人，如上面所说的颜回和爱迪生之流，他们的高兴精神也许开始就有，至于比较平常的人，往往要先用一番努力的工夫，做到相当的程度，才找得出兴趣来，所以努力也是不可少的，不过在努力的进程中，一面努力，一面逐渐的有进步，同时即于逐渐的进步中增加高兴的精神，也就是于努力之中有快乐，不像苏秦那样刺着股，流着淋漓的血，强做那样弗高兴的事情！

（原载1928年12月2日《生活》周刊第4卷第3期）

硬吞香蕉皮

　　重远先生偶然谈起从前吴俊陞（做过黑龙江省督办）吃香蕉皮的一桩笑话。当时东北对于外来的香蕉是不多见的，所以有许多人简直没有尝过，有一次吴氏到了沈阳，应几位官场朋友的请客，赴日本站松梅轩晚宴，席上有香蕉，他破题儿第一遭遇见，不费思索的随便拿了一根连皮吃下去，等一会儿，看见同座的客人却是先把皮剥掉然后吃，他知道自己吃法错了，但却不愿意认错，赶紧自打圆场，装着十二分正经的面孔说道："诸位文人，无事不文质彬彬的，我向来吃香蕉就是连皮吃下去的！"一时传为笑柄。其实错了就老实自己承认，倒是精神安泰的事情；文过饰非是最苦痛的勾当。世上像吴氏这样硬吞香蕉皮还振振有词的虽不多见，但明知错了不肯认错，还要心劳日拙的想出种种方法来替自己掩饰，甚至把规劝他的人恨得切齿不忘，这种心理似乎是很为普遍。这种人穷则独害其身，达则兼害天下！因为他所能接近的全是胁肩谄笑的奸佞小人，所最不能容的是强谏力争的正人君子。

听说最近被刺的军阀张宗昌生平有三不主义，第一是不知道他自己的"兵"有多少，第二是不知道他自己的"钱"有多少，第三是不知道他自己的"姨"有多少。所谓"姨"者便是姨太太。据北平传讯，他的棺材运到北平车站的时候，"内眷未进站，挂孝少妇约十六七辈，含泪坐灵棚下，柩至，乃依次出拜，伏地号啕而呼曰：'天乎！天乎！'十余人异口同声，亦复一阵凄绝，一时哀乐呜呜，与嘤嘤啜泣之呼天声相间杂……少妇装束一致，丧服之内，露其灰色长衫，衫或绸或布，发多剪，留者仅二三人，除'五太太'外，最长者亦不过二十五六，最年轻有正在破瓜年纪者，然丧容满面，亦皆憔悴不堪"。这里面有一点颇可注意者，这一大堆供作玩物的可怜虫大有舍不得她们所处境地的样子，在旁人觉得她们原有境地的可怜，在她们似乎还觉得不能保持原有境地之为可怜，换句话说，她们似乎情愿忍受。其实我们如作进一步的看法，在这样的社会制度和经济制度之下，她们都是不知自主也无力自主的若干寄生虫而已，说不上什么情愿不情愿。

（原载1932年10月1日《生活》周刊第7卷第39期）

不相干的帽子

在如今的时代，倘若有人有意害你的话，最简易而巧妙的办法，是不管你平日的实际言行怎样，只要随便硬把一个犯禁的什么派或什么党的帽子戴到你的头上来，便很容易达到他所渴望的目的；因为这样一来，他可以希望你犯着"危害民国紧急治罪法"第几条，轻些可以判你一个无期徒刑，以便和你"久违""久违"，重些大可结果你的一条性命，那就更爽快干净了。

记者办理本刊向采独立的精神，个人也从未戴过任何党派的帽子。但是近来竟有人不顾事实，硬把和我不相干的帽子戴到我的头上来。有的说是"国家主义派"，读者某君由广州寄来一份当地的某报，里面说"你只要看东北事变发生后，'生活'周刊对于抗日救国的文章做得那样的热烈，便知道它的国家主义派的色彩是怎样的浓厚！"原来提倡了抗日救国，便是"国家主义派"的证据！那只有步武郑孝胥、谢介石、赵欣伯、熙洽诸公之后，才得免于罪戾！

　　不久有一位朋友从首都来，很惊慌地告诉我，有人说我加入了什么"左倾作家"，我听了肉麻得冷了半截！我配称为什么"作家"！"左倾作家"又是多么时髦的名词！一右就右到"国家主义派"，一左就左到"左倾作家"，可谓"左"之"右"之，任意所之！如说反对私人资本主义，提倡社会主义，便是"左"，那末中山先生在"民生主义"里讲"平均地权"，讲"节制资本"，讲"民生主义就是社会主义"，何尝不"左"？其实我不管什么叫"左"，什么叫"右"，只知道就大多数民众的立场，有所主张，有所建议，有所批评而已。

　　最近又有一位读者报告给我一个更离奇的消息，说有人诬诣我在组织什么"劳动社会党"，又说"简称宣劳"，并说中央已密令严查。这种传闻之说，记者当然未敢轻信。甚至疑为捕风捉影之谈。这种冠冕堂皇的名称，我梦都没有梦见过，居然还有什么"简称"！我实在自愧没有这样的力量，也没有这样的资格。

　　有一天有一位朋友给我看，某报载张君劢等在北平组织国家社会党，说我"已口头答应加入"。那位记者不知在哪里听见，可惜我自己这个一点不聋的耳朵却从未听见过！

　　我们在小说里常看见有所谓"三头六臂"，就是有三个头颅，也难于同时戴上这许多帽子，况且区区所受诸母胎者就只这一个独一无二的头颅，大有应接不暇之势，实觉辜负了热心戴帽在鄙人头上者的一番盛意！

　　根据自己的信仰而加入合于自己理想的政治集团，原是光明磊落的事情，这其中不必即含有什么侮辱的意义。不过我确未加入任何政治集团，既是一桩事实，也用不着说谎。我现在只以中华民族一分子的资格主持本刊，尽其微薄的能力，为民族前途努力，想不致便犯了什么非砍脑袋不可的罪名吧。

　　要十分客气万分殷勤硬把不相干的帽子戴到区区这个头上来，当然不是我个人值得这样的优待，大不该的是以我的浅陋，竟蒙读

者不弃，最初每期二三千份的"生活"，现在居然每期达十余万份（这里面实含着不少同事的辛苦和不少为本刊撰述的朋友的脑汁，决不是我一人的努力），虽夹在外国每期数百万份的刊物里还是好像小巫之见大巫，毫不足道，而在国内似乎已不免有人看不过，乘着患难的时候，大做下井落石的工夫，非替它（"生活"）送终不可，而在他们看来，送终的最巧妙的方法莫过于硬把我这个不识相的家伙推入一个染缸里去染得一身的颜色，最好是染得出红色，因为这样便稳有吃卫生丸的资格，再不然，黄色也好，这样一来，不幸为我所主持的刊物，便非有色彩不可，便可使它关门大吉了。我的态度是一息尚存，还是要干，干到不能再干算数，决不屈服。我认为挫折磨难是锻炼意志增加能力的好机会，讲到这一点，我还要对千方百计诬陷我者表示无限的谢意！

（原载1932年10月8日《生活》周刊第7卷第40期）

邹韬奋散文精品

【第二辑】

地　位

　　我最感到愉快的一件事是展阅许多读者好友的来信。有许多信令我兴奋，有许多信令我感动，有许多信令我悲痛，有许多来信令我发指。

　　最近有一位读者给我的信，劈头就说："你是没有固定的地位的，所以你肯奋斗，这是我所以特别敬重你的缘故。"下面他接着下去讨论些别的事情。

　　我凝望着劈头这三句话，静思了好些时候。我当然很感谢他的好意，把"肯奋斗"的话来勉励我，虽则我自己是十分惭愧，对社会并未曾"奋斗"出什么好的贡献。他认为一个人肯奋斗，是因为他没有固定的地位。这一点却很引起我的研究兴味。什么是"固定的地位"，这位读者并未加上什么解释。猜度他的意思，也许是指稳定的地位。例如失业的人，他的地位便不稳定。失了业的人，或是所有的职业已靠不住的人，想法得到职业，或得到稳定的职业，

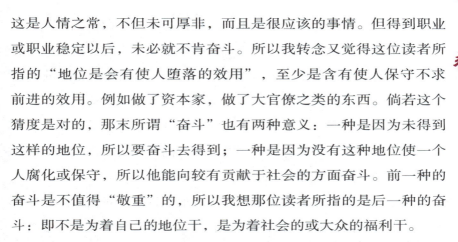

这是人情之常，不但未可厚非，而且是很应该的事情。但得到职业或职业稳定以后，未必就不肯奋斗。所以我转念又觉得这位读者所指的"地位是会有使人堕落的效用"，至少是含有使人保守不求前进的效用。例如做了资本家，做了大官僚之类的东西。倘若这个猜度是对的，那末所谓"奋斗"也有两种意义：一种是因为未得到这样的地位，所以要奋斗去得到；一种是因为没有这种地位使一个人腐化或保守，所以他能向较有贡献于社会的方面奋斗。前一种的奋斗是不值得"敬重"的，所以我想那位读者所指的是后一种的奋斗：即不是为着自己的地位干，是为着社会的或大众的福利干。

倘若我们有了正确的世界观与人生观，个人的地位原是无足轻重的事情。尤其在中国现在所处的地位，我们尤其要撇开个人地位的私念，同心协力于增高国家民族的地位。多在国外游历的人们，对于这一点应该有更深刻的感触。无论你怎样神气活现，无论你在国内是有着怎样高的地位，他们看去都是中国人——本来都是中国人——他们若看不起中国，任何中国人当然也都不在他们眼里。华侨的爱国心比较热烈，这便是一个很重要的原因。我们只要想到中国的国际地位怎样，个人的地位就更不足计较了。

当然，我们所努力于中国国际地位的增高并不是要步武侵略国的行为，并不是羡慕侵略国的国际地位。我们要首先努力于中华民族的解放，努力使中华民国达到自由平等的地位。当前我们民族的最大敌人是什么，是我们做中国人的每个人心坎中所明白的；当前什么是我们民族解放的大障碍物，什么是我们国家自由平等的刽子手，是我们的中国人的每个人心坎中所明白的。说得实在些，中国在国际上可以说是已经没有了地位！你看见哪一个独立的国家可以坐视敌人的铁骑横行，宰割如意，像现在的中国吗？你在各国报章杂志上看到批评中国的文字，总可以看到"中国"这个名词是常常和世界上已亡的国家相提并论的。我们看着当然是要气愤的。在这种时候，谁的心目中都只有"中国"这个观念，都只有中国在国

际上的地位怎样的念头，至于个人的地位怎样，是抛诸九霄云外的了，但是徒然气愤没有用，我们现在必须集中火力对付我们民族的最大敌人的残酷的侵略；这是当前惟一的第一件大事，是要我们全国万众一心，勇往奔赴的。只须这第一件大事成功之后，什么其他的问题都是可以迎刃而解的，到那时我们的宪法里也尽可以订有：

"中国对于因保护劳动者利益，或因他们的科学活动，或因争取民族解放而受控告的外国公民，都予以庇护权。"

这是我们的民族国家未来的光明的地位，是要我们用热血作代价去换来的，是要我们肩膀紧接着肩膀，对准着我们民族的最大敌人作殊死战去获得的。

让我们抛开各个人的地位，共同起来争取中华民国的自由平等的地位吧！

（原载1936年7月5日香港《生活日报星期增刊》第1卷第5号）

波　动

　　七八年来，我的脑际总萦回着一个愿望，要创办一种合于大众需要的日报。在距今四年前，由于多数读者的鼓励和若干热心新闻事业的朋友的赞助，已公开招股筹办，于几个月的短时期内招到了十五万元的股本，正在准备出版，不幸以迫于环境，中途作罢，股款连同利息，完全归还。这事的经过，是读者诸友所知道的。但是要创办一种合于大众需要的日报，这个愿望仍继续地占据了我的心坎，一遇着似乎有实现这件事的可能性的机会，即又引起我的这个潜伏着的愿望的波动。

　　有一位老友在香港住过几个月，去年年底到上海，顺便来访问我，无意中谈起香港报界的情形；据说在那个地方办报，只须不直接触犯英国人的利益，讲抗敌救国是很有自由的，而且因为该地是个自由港，纸张免税，在那里办报可从纸张上赚些余利来帮助维持费，比别处日报全靠广告费的收入，有着它的特点的优点。这位老

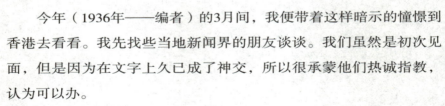

友不过因谈到香港的状况而顺便提及香港报界的一些情形，他虽言之无意，我却听之有心，潜伏在我心坎里多时的那个愿望又起了一次波动。

今年（1936年——编者）的3月间，我便带着这样暗示的憧憬到香港去看看。我先找些当地新闻界的朋友谈谈。我们虽然是初次见面，但是因为在文字上久已成了神交，所以很承蒙他们热诚指教，认为可以办。

于是我便想到经费。我坚决地认为大众的日报不应该是一两个大老板出钱办的，所以我无意恳求一两个大老板的援助；又坚决地认为大众的日报应该要完完全全立于大众的立场，也不该由任何一党一派出钱办的，所以我也无意容纳任何党派的援助。结果当然想到公开招股的办法。但是公开招股无论怎样迅速，不是在很短的时期内所能完成的，尤其是因为要顾到入股大众的利益和创办者的信用起见，我们决定在公司创立还未开幕以前，对已收到的股款不应先有丝毫的动用。要印日报，非自备印刷机不可，因为找不到相当的印刷所来承印。办报自备印刷机，是一项很大的开支，这是又一个难题！

但是事有凑巧，不久有一个印刷公司因为要承印一家日报，从德国买到了一个1935年式的最新印刷机，每小时能印日报一万九千份。那家报的每日印数只有一万份，所以这部印刷机很有充分的时间余下来再承印另一家报。这个意外的机会使我兴奋起来，因为印刷机无须自备，这至少在短时期内使我们在经济上轻松了许多，至于此外的开办费和暂时的维持费，那是有设法的可能的。

这样，我才开始筹备。我在上面已经说过，已收到的股款，在公司创立还未开幕以前，不应先有丝毫的动用，我当然要严守这个原则。但是要先把《生活日报》试办起来，是不能不用钱的。我便和在上海的几位热心文化事业的好友商量，由我们几个人辗转凑借了一笔款子，经过一个多月的特别快的筹备苦工，到6月7日那一天，七八年来梦寐萦怀的《生活日报》居然呱呱坠地了！其实在香港的读者和它第一次见面虽在6月7日的早晨，而这个孩子的产生却在6日的深夜。那天夜里我一夜没有睡，自己跑到印刷所里的工场上去。我亲眼看着铸版完毕，看着铸版装上卷筒机，看着发动机发动，听着机声隆隆——怎样震动我的心弦的机声呵！第一份《生活日报》刚在印机房的接报机上溜下来的时候，我赶紧跑过去接受下来，独自拿着微笑。那时的心境，说不出的快慰的心境，不是这支秃笔所能追述的！这意思并不是说我对于这个"处女报"的格式和内容已觉得满意——不，其实还有着许多的不满意——但是我和我的苦干着的朋友们的心血竟得到具体化，竟在艰苦困难中成为事实，这在当时的我实不禁暗中喜出了眼泪的！我知道这未免有些孩子气，有些"生惕门陀"（Sentimental），但是人究竟是感情的动物，我也就毫不隐饰地很老实地报告出来。

我们因为试办的经费是由几个书呆子勉强凑借而成的，为数当然很有限，所以报馆是设在贫民窟里，经过了不少的困难和苦斗。如今追想前尘影事，虽觉不免辛酸，但事后说来，也颇有趣，下次再谈吧。

（原载1936年8月23日上海《生活星期刊》第1卷第12号）

贫民窟里的报馆

　　我在上次和诸君谈过，我们在香港的报馆因为试办的经费是由几个书呆子勉强凑借而成的，为数很有限，所以是设在贫民窟里。但是说来好笑，我正在香港贫民窟里筹办报馆的时候，香港有一家报纸登出一段很肯定的新闻，说我被广西的当局请到南宁去，担任广西省府的高等顾问，同时兼任南宁《民国日报》总主笔和广西大学教授，每月收入在六百元以上云云。你看这多么阔！不但"顾问"，而且是"高等"；不但兼了"总主笔"，而且还兼着"大学教授"！一身兼这样的要职三个，依我们所知道的一般情形看来，每月收入仅仅在六百元以上，似乎还未免过于菲薄的。但是在我这样的一个穷小子看来，确觉得这是一个不小的数目，而且老实说，确也有些垂涎欲滴！因为我自从结束苦学生的生活，在社会里混了十多年以来，从来没有赚过这样大的薪水。自从在十年前因《生活》周刊业务发达，我不得不摆脱其他一切兼职——要附带声明的是这里没有什么"高"，没有什么"总"，也没有什么"大"，只是有着夜校教员之类的苦工——用全副精神来办这个刊物，计算起来，每月收入总数还少去十块大洋，十年来一直是这样。我有大家族的重累，有小家庭的负担，人口日增，死病无常，只靠着一些版税的收入贴补贴补；因为出国视察借了一笔款子，有好几本著作的版税已不是我自己的，除把版税抵消一部分，还欠着朋友们几千块钱，一时无法偿还；不久以前一个弟弟死了，办丧事要举债；最近有一个庶母死了，办丧事又要举债。好了，不噜苏了，在这样严重的国难里面几乎人人都有"家难"的时代，我知道诸君里面有着同样痛苦或更厉害的痛苦的一定不少，我不该多说关于个人的诉苦的话，我只是说像我们这样的穷小子，"每月收入在六百元以上"并不是用不着，但是我们为保全在社会上的事业的信用，我们绝不能无条件地拿钱，而且我们知道仅仅孜孜于在各个人的圈子里谋解决，也得不到根本的解决。

话越说越远，我不得不请诸君原谅，现在再回转头来谈谈在香港贫民窟里办报的事情吧。我在香港只是在贫民窟里办报，从未到过广西，所以谁做了广西政府的"高等顾问"等等，我不得而知，所知道的只是在香港的贫民窟里所办的那个报馆。

香港的市面和大多数的居民是在山麓，这是诸君所知道的。在这里你要看看豪华区域和贫苦区域的对比，比在任何处来得便当，因为你只要跑到山上的高处俯瞰一下，便看得见好像汪洋一大片的所谓西营盘和它的附近地方，都是些狭隘龌龊的街巷和破烂不堪的房屋，像蚁窟似的呈现在你的眼前。但是除了这样整批的贫民窟之外，在热闹的市面，于广阔的热闹街道的中间，也夹有贫民窟，这可说是零星的贫民窟。我们的报馆一面要迁就热闹市面的附近，一面又出不起那昂贵的屋租，所以便选定了一个零星贫民窟里的一条小街上的一所小屋——就是也许已为诸君所耳熟的利源东街二十号。

这一条短短的小街虽在贫民窟里，虽然汽车货车不许进去，地势却很好，夹在最热闹的德铺道和皇后大道的中间，和印刷所也很近。这屋子号称三层楼，似乎和"高等顾问"有同样阔绰的姿态，

但是每层只有一个长方形的小房间，房间的后面有一个很小的厨房，前面临街有一个窄得只够立一个人的露台。至于屋子材料的窳陋，那是贫民窟房屋的本色，不足为怪。天花板当然是没有的，你仰头一望，便可看得见屋顶的瓦片。上楼是由最下层的铺面旁边一个窄小的楼梯走上去的。你上去的时候，如不凑巧有一个人刚从上面下来，你只得紧紧地把身体贴在墙上，让他唯我独尊地先下来；这好像在苏州狭隘的街上两辆黄包车相碰着，有着那样拥挤不堪的滑稽相。屋子当然是脏得不堪，但是因为包括铺面的关系，每月却要租一百块钱。我承蒙一位能说广东话的热心朋友陪着到经租账房那里去，往返商量了好几趟，在大热天的炎日下出了好几次大汗，总算很幸运地把每月屋租减到九十块钱。

这样脏得不堪的房子，当然需要一番彻底的粉刷，否则我实在不好意思请同事踏进去；并不是嫌难看，要努力办事不得不顾到相当的健康环境。可是那里的粉墙经过粉刷了五次，才有白的颜色显露出来。泥水匠大叫倒霉，因为他接受这桩生意的时候，并未曾想到要粉刷到五次才看得见白色。我不好意思难为他，答应他等到完全弄好之后，加他一些小费。那个窄小的楼梯，是跑二楼和三楼必经之路，楼梯上的木板因年久失修，原来平面的竟变成了凹面的了，有的还向下斜，好像山坡似的，于是不得不修的修，换的换，这也是和房东办了许多交涉而勉强得到的。

谈起来似乎琐屑，在当时却也很费经营，那是小便的地方。在那贫民窟的屋子里，一般人的习惯，厨房里倒水的小沟（楼上也有，由水管通到下面去），同时就是小便的所在，所以厨房和楼下的屋后小弄，便是臭气薰蒸的区域。报馆里办事的人比较的多，需要小便的人无法使它减少，如沿用一般人的办法，大家恐怕要薰得头痛，无法办公了。说的话已多，这事怎样解决，只得且听下回分解吧。

（原载1936年8月30日《生活星期刊》第1卷第13号）

大声疾呼的国文课

当时我进的中学还是四年制。这中学是附属于南洋公学的（当时南洋公学虽已改称为交通部工业专门学校，但大家在口头上还是叫南洋公学），叫做"中院"。大学部叫做"上院"，分土木和电机两科。中院毕业的可免考直接升入上院。南洋公学既注重工科，所以它的附属中学对于理化、算学等科目特别注重。算学是我的老对头，在小学时代就已经和它短兵相接过，但是在中学里对于什么"代数"、"几何"、"解析几何"、"高等代数"等等，都还可以对付得来，因为被"向上爬"的心理推动着，硬着头皮干。在表面上看来，师友们还以为我的成绩很好，实际上我自己已深知道是"外强中干"了。

但是南洋公学有个特点，却于我很有利。这个学校虽注重工科，但因为校长是唐蔚芝先生（中院仅有主任，校长也由他兼），积极提倡研究国文，造成风气，大家对于这个科目也很重视；同时

关于英文方面，当时除圣约翰大学外，南洋公学的资格算是最老，对于英文这个科目也是很重视的。前者替我的国文写作的能力打了一点基础；后者替我的外国文的工具打了一点基础。倘若不是这样，只许我一天到晚在XYZ里面翻筋斗，后来要出行便很困难的了。但是这却不是由于我的自觉的选择，只是偶然的凑合。在这种地方，我们便感觉到职业指导对于青年是有着怎样重要的意义。

自然，自己对于所喜欢的知识加以努力的研究，多少都是有进步的，但是环境的影响也很大。因为唐先生既注意学生的国文程度和学习，蹩脚的国文教员便不敢滥竽其间，对于教材和教法方面都不能不加以相当的注意。同时国文较好的学生，由比较而得到师友的重视和直接的鼓励，这种种对于研究的兴趣都是有着相当的关系的。

我们最感觉有趣味和敬重的是中学初年级的国文教师朱叔子先生。他一口的太仓土音，上海人听来已怪有趣，而他上国文课时的起劲，更非笔墨所能形容。他对学生讲解古文的时候，读一段，讲一段，读时是用着全副气力，提高嗓子，埋头苦喊，读到有精彩处，更是弄得头上的筋一条条的现露出来，面色涨红得像关老爷，全身都震动起来（他总是立着读），无论哪一个善打瞌睡的同学，也不得不肃然悚然！他那样用尽气力的办法，我虽自问做不到，但是他那样聚精会神，一点不肯撒烂污的认真态度，我到现在还是很佩服他。

我们每两星期有一次作文课。朱先生每次把所批改的文卷订成一厚本，带到课堂里来，从第一名批评起，一篇一篇的批评到最后，遇着同学的文卷里有精彩处，他也用读古文诗的同样的拼命态度，大声疾呼地朗诵起来，往往要弄得哄堂大笑。但是每次经他这一番的批评和大声疾呼，大家确受着很大的推动；有的人也在寄宿舍里效法，那时你如有机会走过我们寄宿舍的门口，一定要震得你耳聋的。朱先生改文章很有本领，他改你一个字，都有道理；你的文章里只要有一句有精彩的活，他都不会抹煞掉。他实在是一个极好的国文教师。

我觉得要像他那样改国文，学的人才易有进步。有些教师尽转着他自己的念头，不顾你的思想；为着他自己的便利计，一来就是几行一删，在你的文卷上大发挥他自己的高见。朱先生的长处就在他能设身处地替学生的立场和思想加以考虑，不是拿起笔来，随着自己的意思乱改一阵。

我那时从沈永瘤先生和朱叔子先生所得到的写作的要诀，是写作的内容必须有个主张，有个见解，也许可以说是中心的思想，否则你尽管堆着许多优美的句子，都是徒然的。我每得到一个题目，不就动笔，先尽心思索，紧紧抓住这个题目的要点所在，古人说"读书得间"，这也许可以说是要"看题得间"；你只要抓住了这个"间"，便好像拿着了舵，任着你的笔锋奔放驰骋，都能够"搔到痒处"和"隔靴搔痒"的便大大的不同。这要诀说来似乎平常，但是当时却有不少同学不知道，拿着一个题目就瞎写一阵，写了又涂，涂了又写，钟点要到了，有的还交不出卷来，有的只是匆匆地糊里糊涂地完卷了事。

（原载1936年11月8日上海《生活星期刊》第1卷第23号）

一幕悲喜剧

　　在我再续谈《生活》周刊的事情以前，其中有两件事可以先谈一谈。第一件是关于我的婚姻，第二件是我加入时事新报馆。

　　第一件虽是关于个人的私事，但是也脱不了当时的社会思潮的背景。大家都知道，接着"五·四"运动以后的动向，打倒"吃人的礼教"，也是其中的一个支流，男女青年对于婚姻的自由权都提出大胆的要求，各人都把理想的社会和理想的家庭混做一谈，甚至相信理想的社会必须开始于理想的家庭！我在当时也是这许多青年里面的一分子，也受到了相类的影响，于是我的婚姻问题也随着发生过一次的波澜。

　　我的父亲和我的岳父在前清末季同在福建省的政界里混着，他们因自己的友谊深厚，便把儿女结成了"秦晋之好"，那时我虽在学校时代，"五·四"运动的前奏还未开幕，对于这件事只有着糊里糊涂的态度。后来经过"五·四"的洗礼后，对这件事才提出抗议。

　　我的未婚妻叶女士是一位十足的"诗礼之家"的"闺女"，吟诗读礼，工于针黹，但却未进过学校。这虽不是没有教育的女子，但在当时的心理，没有进过学校已经是第一个不满意的事实，况且从来未见过面，未谈过话，全由"父母之命"而成的婚约，那又是第二个不满意的事实。但是经我提出抗议之后，完全和"五·四"运动的洗礼毫不相干的两方家长固然大不答应，就是我的未婚妻也秉着"诗礼之家"的训诲，表示情愿为着我而终身不嫁。于是这件事便成了僵局。但是因为我的求学费用，全由我自己设法维持，家里在经济上无从加我以制裁，无法干涉我的行动。在两方不相下的形势里面，这件事便搁了起来。直到我离开学校加入职业界以后，这件事还是搁着。但是我每想到有个女子为着我而终身不嫁，于心似乎有些不忍，又想她只是个时代的牺牲者，我再坚持僵局，徒然增加她的牺牲而已，因此虽坚持了几年，终于自动地收回了我的抗议。

　　我任事两三年后，还清了求学时的债务，多下了几百块钱，便完全为着自己的结婚，用得精光。我所堪以自慰的是我的婚事的费用完全由自己担任，没有给任何方面以丝毫的牵累。家属不必说，就是亲友们，我也不收一文的礼。婚礼用的是茶点，这原也很平常，不过想起当时的"维新"心理，却也有可笑处。行礼的时候新郎要演说，那随他去演说好了，又要勉强新娘也须演说；这在她却是个难题，但是因为迁就我，也只得勉强说几句话；这几句话的临时敷衍，却在事前给她以好几天的心事。这也罢了，又要勉强岳父也须演说。这在男子原不是一个很难的题目，可是因为我的岳父是百分的老实人，生平就未曾演说过，他自问实在没有在数百人面前开口说话的勇气，但是也因为要迁就我，也只得勉强说几句话。他在行礼前的几天，就每天手上拿着一张纸，上面写着几十个字的短无可短的演说词，在房里踱着方步朗诵着，好像小学生似的"实习"了好几天。可是在行礼那天，他立起来的时候，已忘记得干干

净净，勉强说了三两句答谢的话就坐了下来！我现在谈起当时的这段情形，不但丝毫不敢怪我的岳父，而且很怪我自己。他老人家为着他的自命"维新"的女婿的苛求，简直是"鞠躬尽瘁"地迁就我。我现在想来，真不得不谢谢他的盛情厚意，至少是推他爱女的心理而宽容了我。我现在想来，当时不该把这样的难题给他和他的女儿做。

结婚后，我的妻待我非常的厚。她的天性本为非常笃厚，尤其是对于她的母亲。我们结婚不到两年，她便以伤寒症去世了。她死了之后，我才更深刻地感到她的待我的厚，每一想起她，就泪如泉涌地痛哭着。她死后的那几个月，我简直是发了狂，独自一人跑到她的停柩处，在灵前对她哭诉！我生平不知道什么叫做鬼，但是在那时候——在情感那样激动的时候——并无暇加以理解，竟那样发疯似的常常跑到她的灵前哭着诉着。我知道她活的时候是异常重视我的，但是经我屡次的哭诉，固然得不到什么回答，即在夜里也没有给我什么梦。——老实说，我在那时候，实在希望她能在梦里来和我谈谈，告诉我她的近况！这种发疯的情形，实在是被她待我过厚所感动而出于无法自禁的。我在那个时候的生活，简直完全沉浸于情感的激动中，几于完全失去了理性的控制。

（原载1937年4月上海生活书店《经历》）

看守所

　　苏州高等法院是在道前街，我们所被羁押的看守分所却在吴县横街，如乘黄包车约需20分钟可达。凑巧得很，在我们未到的三个月前，这分所刚落成一座新造的病室。这个病室虽在分所的大门内，但是和其余的囚室却是隔离的，有一道墙隔开。这病室有一排病房，共六间；这排病房的门前有个水门汀的走廊，再出去便是一个颇大的泥地的天井；后面靠窗处有个狭长的天井，在这里有一道高墙和隔壁的一个女学校隔开。各病房是个长方形的格式，沿天井的一边有一门一窗，近高墙的一边也有一个窗。看守所的病室当然也免不了监狱式的设备，所以前后的窗下都装有铁格子，房门是厚厚的板门，门的上部有一个五寸直径的小圆洞，门的外面有很粗的铁闩，铁闩上有个大锁。夜里在我们睡觉以后，有看守把我们的房门锁起来；早晨7点钟左右，他再把这个锁开起来。此外附在这座病室旁边的，右边有一个浴池式的浴室（即浴室里面是用水门汀造

成的一个小浴池），左边有两个房间是看守主任住的。天井和外面相通的地方有两道门：靠在里面的一个是木栅门；出了这木栅门，经过一个很小的天井，还有一个门，那门的格式和我们的房差不多，上面也有个小圆洞。在这两道门的中间，白天有一个穿制服的看守监视着。夜里我们睡了以后，一排房门的前面也有一个看守逡巡着，一直巡到天亮。他们当然要轮班的，大概每四小时一班。另外有一个工役，穿着灰布的丘八的服装，替我们做零碎的事务，如扫地、洗碗、开饭和预备热水、开水等等。他姓王，我们就叫他做"王同志"。这位"王同志"是当兵出身，据说以前在北伐军里面曾经上战场血战过十几次，不过他说："打来的成绩归长官，小兵是没有分的。"他知道了我们被捕的原因之后，也很表示同情。

我们所住的病房是一排六间，上面已经说过。各房的门楣上有珐琅牌子记着号数。第一号和第六号的房间是看守和工役住的；第二号用为我们的餐室和看书写字的地方；第三号是沈王两先生的卧室；第四号是李沙两先生的卧室；第五号是章先生和我的卧室。餐室里有两张方桌，我们买了两块白台布把两个桌面罩起来，此外有几张有靠背的中国式的红漆椅子，几张骨牌凳。天气渐渐地寒冷起来，经检察官的准许后，我们自己出费装了一个火炉。我们几个人每日的时间多半都消磨在这个餐室里面。每个病房本来预备八个人住的，原有八个小木榻，现在为着我们，改用了两个小铁床，上面铺着木板，把原来的八个小木榻堆叠在一角。这样的小铁床，我们几个人睡在上面都还没有什么问题，不过不免苦了大块头的王造时先生！王先生的高度并不比我们其他的几个人高，但是他却是从横的方面发展；睡在这样的小铁床上面，转身是一件很费考虑的工作，一不留神，恐怕就要向地上滚！沈先生用的本来也是小铁床，后来他的学生来探望他，看见他们所敬爱的这位高年老师睡的是木板，很觉不安，买了一架有棕垫的木床来送给他。沈先生最初不肯用，说我们六人既共患难，应有难同当，他个人不愿单独舒适一

些；后来经过我们几个人再三劝说，他才勉强收下来用。沈先生的学生满天下，对于他总是非常敬爱，情意殷勤，看了很令人感动。我一方面钦佩这些青年朋友的多情，一方面也钦佩沈先生的品德感动他的学生的那样深刻。

我们虽有一个浴池式的浴室，但是不知道什么地方出了毛病，屡次修不好，所以一次都未曾用过。我们大家每逢星期日的夜里，便在餐室里洗澡。用的是一个长圆式的红漆木盆。因为天气冷，夜里大家仍须聚在餐室里面，所以一个人在火炉旁大洗其澡的时候，其余几个人仍照常在桌旁坐着；看书的看书，写信的写信，写文的写文，有的时候下棋的下棋，说笑话的说笑话。先后次序用拈阄的办法。第一次这样"公开"洗澡的时候，王造时先生轮着第一，水很热，他又看到自己那个一丝不挂的胖胖的身体，大叫其"杀猪"！以他的那样肥胖的体格，自己喊出这样的"口号"，不禁引起了大家的狂笑！以后我们每逢星期日的夜里洗澡，便大呼其"杀猪"，虽则这个"口号"并不适用于每一个人。

（原载1937年4月上海生活书店《经历》）

转　变

　　《生活》周刊所以能发展到后来的规模，其中固然有着好多的因素，但是可以尽量运用本刊自身在经济上的收入——尽量运用这收入于自身事业的扩充与充实——这也是很重要的一点。关于这一点，我在上次已经略为谈过了。所以能办到这一点，我们不得不感谢职业教育社在经济上的不干涉。但是还有一件更重要的事情，我尤其不得不感谢职业教育社的，是《生活》周刊经我接办了以后，不但由我全权主持，而且随我个人思想的进展而进展，职业教育社一点也不加以干涉。当时的《生活》周刊还是附属于职业教育社的，职业教育社如要加以干涉，在权力上是完全可以做的，我的惟一办法只有以去就争的一途，争不过，只有滚蛋而已。但是职业教育社诸先生对我始终信任，始终宽容，始终不加以丝毫的干涉。就这一点说，《生活》周刊对于社会如果不无一些贡献的话，我不敢居功，我应该归功于职业教育社当局的诸先生。

　　《生活》周刊初期的内容偏重于个人的修养问题，这还不出于教育的范围；同时并注意于职业修养的商讨，这也还算不出于职业指导或职业教育的范围。在这个最初的倾向之下，这周刊附属于职业教育社，还算是过得去的。也许是由于我的个性的倾向和一般读者的要求，《生活》周刊渐渐转变为主持正义的舆论机关，对于黑暗势力不免要迎面痛击；虽则我们自始就不注重于个人，只重于严厉评论已公开的事实，但是事实是人做出来的，而且往往是有势力的人做出来的；因严厉评论事实而开罪和事实有关的个人，这是难于避免的。职业教育社的主要职责是在提倡职业教育，本来是无须卷入这种漩涡里面去的，虽职业教育社诸先生待我仍然很好，我自己却开始感到不安了。不但如此，《生活》周刊既一天天和社会的现实发生着密切的联系，社会的改造到了现阶段又决不能从个人主义做出发点；如和整个社会的改造脱离关系而斤斤较量个人的问题，这条路是走不通的。于是《生活》周刊应着时代的要求，渐渐注意于社会的问题和政治的问题，渐渐由个人出发点而转到集体的出发点了。我个人是在且做且学，且学且做，做到这里，学到这里，除在前进的书报上求锁钥外，无时不皇皇然请益于师友，商讨于同志，后半期的《生活》周刊的新的进展也渐渐开始了。研究社会问题和政治问题，多少是含着冲锋性的，职业教育社显然也无须卷入这种漩涡里面去，我的不安更加甚了。幸而职业教育社诸先生深知这个周刊在社会上确有它的效用，不妨让它分道扬镳向前干去，允许它独立，由生活周刊社的同人组成合作社，继续努力。在这种地方，我们不得不敬佩职业教育社诸先生眼光的远大，识见的超卓，态度的光明。

　　生活周刊社以及由它所脱胎的文化机关，都是合作社的性质；关于这一点，我在《萍踪寄语》初集里面也曾经略有说明，在这里不想重述了。回想我和几位"患难同事"开始为文化事业努力到现在，我们的确只是以有机会为社会干些有意义的事为快慰，从没有

想要从这里面取得什么个人的私利。我所以要顺便提出这一点，是因为社会上有些人的观念，看到什么事业办得似乎有些像样，便想到办的人一定发了什么财！有些人甚至看得眼红，或更有其他不可告人的卑鄙心理，硬说你已成了"资本家"，或诬蔑你括了多少钱！他们不管在我们的合作社里，社员最大的股款不得过二千元，到了二千元就根本没有任何利息可拿，五百元以上的股本所得的利息（倘若有的话），比二百五十元以下的股本所得的要少一倍。这可以造成什么"资本家"或刮钱的机关吗？我和一班共同努力于文化事业的朋友们，苦干了十几年，大家还是靠薪水糊口养家。我们并不觉得什么不满意，我们的兴趣都在文化事业的本身。像我这样苦干了十几年，所以能得到许多朋友们不顾艰难地共同努力，所以能够始终得到许多共同努力的朋友们的信任，最大的原因还是因为我始终未曾为着自己打算，始终未曾梦想替自己刮一些什么。不但我这样，凡是和我共同努力于文化事业的朋友们都是这样的。

（原载1937年4月上海生活书店《经历》）

社会的信用

《生活》周刊突飞猛进之后，时时立在时代的前线，获得国内外数十万读者好友的热烈的赞助和深挚的友谊，于是所受环境的逼迫也一天天加甚。我参加蔡子民、宋庆龄诸先生所领导的民权保障同盟不久以后，便不得不暂离我所爱的职务而作欧洲之游。在这时候的情形，以及后来在各国的状况，读者诸君可在《萍踪寄语》初集、二集和三集里面看到大概。我于前年9月初由美回国，刚好环游了地球一周，关于在美几个月考察所得，都记在《萍踪忆语》里面，在这里不想多说了。回国后主办《大众生活》反映全国救亡的高潮，现在有《大众集》留下了这高潮的影像。随后在香港创办《生活日报》，这在本书《在香港的经历》一文里可见一斑。自"九·一八"国难发生以来，我竭尽我的心力，随同全国同胞共赴国难；一面尽量运用我的笔杆，为国难尽一部分宣传和研讨的责任，一面也尽量运用我的微力，参加救国运动。

十九年来在舆论界困知勉行的我，时刻感念的是许多指导我的师友，许多赞助我的同人，无量数的同情我的读者好友；我常自策勉，认为报答这样的深情厚惠于万一的途径，是要把在社会上所获得的信用，完全用在为大众谋福利的方面去。我深刻地知道，社会上所给我的信用，绝对不是我个人所造成的，是我的许多师友、许多同人以及无量数的读者好友直接间接所共同造成的。因此也可以说，我在社会上的信用不只是我的信用，也是许多师友、许多同人乃至无量数的读者好友所共有的。我应该尽善地运用这种信用，这不只是对我自己应负的责任，也是对许多师友、许多同人乃至对无量数的读者好友所应负的责任。

我这信用绝对不为着我个人自己的、私的目的而用，也不被任何个人或任何党派为着私的目的所利用，我这信用只许为大众而用。在现阶段，我所常常考虑的是：怎样把我所有的能力和信用运用于抗敌救亡的工作？

我生平没有私仇，但是因为现实的社会既有光明和黑暗两方面，你要立于光明方面，黑暗方面往往要中伤你，中伤的最容易的办法，是破坏你的社会上的信用。要破坏你在社会上的信用，最常见的方法是在金钱方面造你的谣言。

我主持任何机关，经手任何公款，对于账目都特别谨慎；无论如何，必须请会计师查账，得到证书。这固然是服务于公共机关者应有的职责，是很寻常的事情，本来是不值得提起的。我在这里所以还顺便提起的，因为要谈到社会上有些中伤的造谣阴谋，也许可供处世者避免陷害的参考。

也许诸君里面有许多人还记得，在马占山将军为抗敌救国血战嫩江的时候，《生活》周刊除在言论上大声疾呼，唤起民众共同奋斗外，并承国内外读者的踊跃输将，争先恐后地把捐款交给本刊汇齐汇寄前方。其中有一位"粤东女子"特捐所得遗产二万五千元，亲交给我收转。这样爱国的热诚和信任我们的深挚，使我们得到很深的感动。当时我们的周刊社的门口很小，热心的读者除邮汇捐款络绎不绝外，每天到门口来亲交捐款的，也挤得水泄不通；其中往往有卖菜的小贩和挑担的村夫，在柜台上伸手交着几只角子或几块大洋，使人看着发生深深的感动，永不能忘的深深的感动！当时我们的同事几乎全体动员，收款的收款，算账的算账，忙得不得了，为着急于算清以便从早汇交前线的战士，我们往往延长办公时间到深夜。这次捐款数量达十二万元，我们不但有细账，有收据，不但将捐款者的姓名公布（其先在本刊上公布，后来因人数太多，纸张所贴不资，特在"征信录"上全部公布，分寄各捐户），收据也制版公布，并且由会计师（潘序伦会计师）查账，认为无误，给与证明书公布。这在经手公款的人，手续上可说是应有尽有的了。但是后来仍有人用文字散布谣言，说我出国视察的费用是从捐款里括下来的！我前年回国后，听到这个消息，特把会计师所给的证明书制版，请律师（陈霆锐律师）再为登报宣布。但是仍有人故作怀疑的口吻，抹煞这铁一般的事实！这样不顾事实的行为，显然是存心要毁坏我在社会上的信用，但是终于因为我的铁据足以证明这是毁谤诬蔑，他们徒然"心劳日拙"，并不能达到他们的目的。

　　我们只要自己脚跟立得稳，毁谤诬蔑，是不足畏的。

（原载1937年4月上海生活书店《经历》）

滑稽剧中的惨痛教训

做现代的中国人至少有一种特殊的权利，那就是睁着眼饱看以国事为儿戏的一幕过了又一幕的滑稽剧！寻常的滑稽剧令人笑，令人看了觉得发松，这类滑稽剧却另有妙用，令人看了欲哭无泪，令人惨痛！最近又有奉送热河的一幕滑稽剧刚在很热闹的演着。何以说是"滑稽"呢？

打算不抵抗而逃，这原也是一件虽不光明正大而总算是这么一回事，但心里早就准备三十六着的第一着，而嘴里却说得邦邦硬，别的要人们的通电演说谈话等等里的激昂慷慨其甜如蜜的好文章姑不尽提，也没有工夫尽提，就是这次逃得最快，逃得最有声有色的老汤，他除偕同张学良张作相等二十七将领通电全国，说什么"时至今日，我实忍无可忍，惟有武力自卫，舍身奋斗，以为救国图存之计，学良等待罪行间，久具决心……但有一兵一卒，亦必再接再厉。"（所以值得加密圈，因为讲得实在不错也！）并堂而皇之

的特发告所属将士书，有"吾侪守土有责，敌如来犯，决与一拼，进则有赏，退则有罚，望我将士为民族争光荣，为热军增声誉"等语；后来又亲对美联社记者伊金士说："非至中国人死尽，必不容日人得热河。"他临逃时还接见某外记者，正谈话间，老汤忽托词更衣，一去不返！

逃就逃，说的话算狗屁，也滑稽不到哪里去，他却逃得十分有声有色，竟把原要用来运输供给翁照垣将军所率炮队的粮食与炮弹用的汽车二百四十辆，及后援会的汽车十余辆扣留，席卷所住行宫里的宝物财产，带着艳妾，由卫队二千余人，蜂拥出城，浩浩荡荡的大队逃去！途中老百姓扶老携幼，哭声遍地，有要攀援上车的，都被车上兵士用皮鞭猛打下来！

军用的运输汽车既被扣留着大运其宝物财产，于是只得雇人力车参加征战，听说翁将军在前方迭电催请速运弹药，平方当局不得已，乃以代价雇大批人力车运往古北口，许多人力车前进虽不无浩浩荡荡之概，但和"速运"却是背道而驰的了！敌人以飞机大炮来，我们以人力车往，不是愈益显出了我国的军事当局对于军实有了充分的准备吗？

以号称十五万国军守热河，日兵一百二十八名长驱直入承德，甚至不够分配接收各官署机关，这也不得不算是一个新纪录！

这种种滑稽现象，说来痛心，原无滑稽之可言。身居军政部长的何应钦氏五日到津，谓"热战使人莫名其妙"，他都"莫名其妙"，无怪我们老百姓更"莫名其妙"了。此幕滑稽剧开演后，代理行政院长宋子文氏发表谈话，谓最大原因为器械窳劣，训练不良，准备毫无。我们也有同感，所不知者，"准备毫无"，应由谁负责罢了。

我们在这滑稽剧中所得的惨痛教训，即愈益深刻的感到只有能代表民众的武力才真能抗敌，把国事交给军阀和他们的附属品干，无论你存何希望，终是给你一个幻灭的结果。"置之死地而

后生"，现在中国在"死地"上者决轮不到军阀和他们的附属品，像老汤的"宝物财产"，从前已宣传有一大批运到天津租界，（当时有的报上说他此举正是表示抗敌决心）此次还有二百余辆汽车的"宝物财产"可运，至少又有半打艳姜（参看本期杜重远先生的《前线通讯》）供其左拥右抱，这在他不但是决无自置"死地"之理，简直是尚待享尽人间幸福的人物——至少在他是算为幸福——只配挨"皮鞭猛打"的老百姓，和这类军阀乃至他们的附属品，有何关系？他们的最大目的就只为他们的地盘，私利，（老汤从前一面对国内宣言尽职守土，一面对日方表示抑制义军，本也为的是自己地盘，等到地盘无法再保，便逃之夭夭），什么国难不国难，关他们鸟事？

无论帝国主义者和军阀的势力，都不过在加紧的自掘坟墓，被他们"置之死地"的大众，为客观的条件所逼迫，必要起来和他们算账的。大众努力的程度，和他们解放的迟早是成正比例的，中途的挫折和困难，不但不应引起颓废或悲观，反应增强努力的勇气，增加猛进的速率。

（原载《生活》1933年3月11日第8卷第10期）

废 话

　　"最爱说废话的，要数一般要人……天天充满报纸的，大都是他们的废话——谈话、演讲、通电、宣言、等等——他们的目的，无非为出风头，表白自己，敷衍人民，攻讦仇敌，或其他私图。所说出的话尽管表面满漂亮——多数是笨的——然而全非由衷之言，令人一见而知其是空虚的，所以不但不能动人，反而使人肉麻。"这是一位先生最近在《独立评论》上《中国的废话阶级》一文里说的几句话。办日报的朋友们最苦痛的大概莫过于天天要把这类"全非由衷""使人肉麻"的废话，恭而敬之的记着登载出来，替他们做欺骗民众的工具。

　　"对日抵抗决心，始终一贯"，"抗日大计已早经决定"，这已成为要人们的口头禅了，这一种好像呕出心血说的话；在充满了苦衷的要人们经常怪"阿斗"们不知体谅，殊不知这个症结所在实际不是"阿斗"们的过于愚蠢，却在今天放弃一地，明天又放弃

一地的事实摆在面前，胜败原是兵家常事，本不能即作为是非的标准，也不能作为决心是否始终一贯和大计是否早经决定的测量器，不过在"准备反攻"和"防务巩固"等等话头闹得震天价响的当儿，事实上的表现却是"新阵地"源源而来（所谓"新阵地"者，即每放弃一地之后，退到后面一地的好名称），非"安全退出"，便是打什么"退兵战"！（这些都是最近报上战讯专电中新出现的新战术名词。）所谓"决心"，所谓"大计"，非废话又是什么呢？话的废不废，最好的证明是拿事实来做证据。我们只须把报上所遇见的要人们的话和事实比较一下，便知道废话之多得可观！

说废话的人也许沾沾自喜，以为得计，其实废话和空头支票是难兄难弟；空头支票所能发生的结果是信用破产，废话所能发生的结果也并不能达到说话人所希望的目的——欺骗得过——惟一的结果也只是信用破产。俗语所谓"心劳日拙"，实可用以奉赠最爱说废话的要人先生们。

（原载1933年4月29日《生活》周刊第8卷第17期）

爱与人生

　　天下极乐之根源莫如爱，天下极苦之根源亦莫如爱。然苟得爱之胜利，则虽极苦之中有极乐存焉。则谓爱亦极苦之根源，实表面之谈。谓爱为极乐之根源，乃真天地间万古不磨之真理也。其势力盖足支配芸芸众生，无有能越其界限者。得之则人生有价值，不得则人生无价值。知此则人生有乐趣，不知此则人生无乐趣。爱为人生之秘机，爱为人生之秘钥。人兽之别，即系乎此。

　　天地间爱之最真挚者有二，曰母子之爱与夫妇之爱。孟子谓三军可夺帅，匹夫不可夺志。母子之爱与夫妇之爱，虽赴汤蹈火，绝脰殊身，有不能损其毫末者。其精神直可动天地，泣鬼神，莽莽大地，芸芸众生，至德极善，天以逾此母子之爱占人之前半生，夫妇之爱占人之后半生。人之一生，盖为爱所抚养，爱所卫护，爱所浸润，爱所维持。人生无爱毋宁死，人生有爱虽死犹生。

　　母子之爱与夫妇之爱皆本诸天性，与有生俱来，不过表显有先

后。其潜伏于本能中，则固其同为天地间最纯最洁之爱，根源即在乎此。

儿童终日与慈母相依，亲近抚爱，融和如春。无第三人离间其间。母子心目中，除爱外，无所用其顾忌，无所用其避嫌，无所用其抑制。故能存其天真，保其真爱。

夫妇之爱，其出于天性，与母子同。然在吾国则但见母子之爱，至于夫妇间则十八九皆冷淡如路人，与天性适相背驰，则又何哉。

吾固已言之，母子之爱占人之前半生，夫妇之爱占人之后半生。若仅得母子之爱而缺夫妇之爱，则谓大多数人仅生得一半。前半生有其生命，后半生虽生犹死，殆非过言。呜呼，何吾国死人之多也。吾为此惧，请为国人一采其致死之由。

最先由于基础之错误，正当婚姻应先有恋爱而后有夫妇。吾国之大多数婚姻固无所谓恋爱，即有恋爱亦往往在名分已定之后。其间出于不得已者居十之八九。此其遗憾，虽女娲再世，无力填补。夫人无愉快欣慰之怀，而希冀其常有和气迎人之笑容温语，固不可得。若虽有愉快欣慰之怀，乃非由衷心，出于勉强，则其表面即强作笑容，其实际盖吞声饮泣，有不足为外人道者。即有笑容温语亦暂而不久，伪多而真少也。明乎此，则吾国夫妇间何以冷淡如路人，其原因可不待辩而自明。盖本无所爱，不能强作爱之表现。犹之乎本无母子之情，而欲强一任何妇人视一任何儿童如己子，强一任何儿童视一任何妇人如己母，除于戏台上一时扮装之外，遍天地间不可得也。呜呼，彼本为路人又安怪其冷淡如路人哉。

其次由于腐儒之提倡陋俗。吾国腐儒所极力提倡之陋俗，足以摧残夫妇间之和气生气，使之灭息无复有余烬者，莫如"夫妇相敬如宾"及"举案齐眉"各谰言。吾人聚素心人促膝谈心于一室，无所拘束，无所顾忌，言笑自如，各畅所怀，行坐任意，举止自由，其快乐安慰较与新客同座，端坐拱手，唯诺随人，其相差岂可以道

里计。然而吾人对于素心人之情谊，较与新客之情谊，又何若。今以夫妇之亲且爱，而劝其相敬如宾，已近囚狱，苟益以举案齐眉之行为，则径可以加以锣鼓与猴戏比其优劣矣。此虽为例不多，常人未必皆尝行此，然有腐儒举为鹄的以示模范，其流弊所及，足以丧尽能医众苦之真爱而有余。腐儒不足责，吾惟祷其速死。活泼有为之青年，安可不稍稍运其思想，一洗陋俗，而勿再为半死之人。当知"恭恭敬敬"、"客客气气"，皆为招待路人之良法。至于夫妇之间，则以融和怡悦为尊尚。

最后由于腐败之大家族环境，一人前半生所享受之母子之爱，无人间之，后半生所享受之夫妇之爱，则在吾国之陋俗，有多端之离间。其最甚者，莫如腐败之大家族环境。夫妇之爱，无论如何其受授及享用，皆绝对仅限于当局之二人，不容有第三人挽杂其间。吾信此实可为社会学中之一定律。欲保持此定律之价值及完备，其第一条件，在有小家庭制度。若在腐败之大家族环境内，则欲挽杂或破坏，最少亦有阻碍之力者大有人在。苟虐之翁姑固无论已。即叔伯姊娌亦居间阻碍。此数人而能与此小夫妇团结一气，则将二人之爱而推广扩充之，成为数人之爱。爱之本身，固尚自若，无如夫妇之爱无论如何绝对限于当局之二人。谓此为我所发明之社会学中定律，亦无不可。即当局愿让，旁人亦无福消受。旁人既无能消受，乃无时不肆其谗谤倾轧之伎俩。当局为避嫌计，不得不敛其爱之形迹。于是虽于彼此言笑之间，苟非在晏居之处，未有不存戒心者。而其尤当力戒以避人耳目者，莫甚于亲爱之态度。戒之既甚，易之者舍冷淡莫属。冷淡既久，爱之精神亦随之湮没。盖精神虽为表现之本，表现亦助精神之长存。久作愁眉哭脸之人，心境亦随之俱移。此则心理学家所证明，非区区一人之私言也。呜呼，腐败之大家族环境。庆父不去，鲁难未已。此恶不除，家庭永无改良之由。半死之人遍国中，永无超度之期矣。或曰，子喋喋言爱与人生，人生所贵亦在为人类"服务"Service耳。仅孜孜于爱之为言，

081

何见之未广乎。曰，基督教之精粹在为人类服务，而其精义则以爱置于希望之前，人生得全其爱则学识道德及事业皆得其滋养而日增光辉，服务之凭藉亦全在乎此。子乃不揣其本而齐其末，殆亦半死之流亚欤。吾复何言。

（原载1922年3月《约翰声》第33卷第2号）

久仰得很！

　　说谎话是恶习惯，是不名誉的事；这是大家都知道的，但是在中国社交方面，有一种"当面说谎话"而犹自以为"有礼貌"！

　　当常遇着一位生人，无论是由自己问起"尊姓""大名"，或是由熟友介绍，第一次总要说一句"久仰得很"！这句话对于真有声望的人说，还说得去；但通常无论第一次遇着阿猫阿狗，总要说"久仰得很"！嘴里尽管这样说，心里到底"仰"不"仰"，似乎一点不管！

　　有一次我遇某校开校友会，欢迎该校新校长，开会之前，那位做主席的朋友，未曾问清那位新校长的"大名"，后来他立起来致开会词，大说"这位新校长是我们久仰得很的"。开会辞说完之后，他要想请新校长演说，叫不出他的"大名"，只得左右顾盼，窃问他的"大名"，窃问了还不够，还要张着喉咙宣言："这位新校长的大名，我还没有请教过，对不住得很！"连"大名"都没有听见过，居然"久仰得很"，不知道他到底"仰"些什么？

西俗第一次看见生人，常说"我见着你很愉快"，说这句话的人到底心里愉快不愉快，当然也很难说，但是比对于一点不知道的人大吹其"久仰得很"，似乎近情些。

（原载《生活》1927年10月2日第2卷第48期）

闲暇的伟力

"闲暇" 两个字，用再平常一点的话讲起来，就是"空的时候"。

　　金屑　在美国费列得费亚的造币厂地板上，常用造币材料余下小如细粉的金屑，看过去似乎是很细微不足道，但是当局想法把它聚集拢来，每年居然省下好几千圆的金洋！能用闲暇伟力的成功人，也好像这样。

　　短的闲暇　我们常听见人说："现在离用膳时候只有五分钟或十分钟了，简直没有时候可以做什么事了。"但是我们试想世界上有多少没有良好机会的苦儿，竟利用许多短的闲暇，成功大业，便知道我们所虚掷的闲暇时间，倘若不虚掷，能利用，已足使我们必有所成。此处闲暇时间外的本来的工作时间尚不包括在内，可见闲暇的伟力，真非常人所及料！

　　格兰斯敦　格兰斯敦是英国最著名的政治家，他的法律的政治

的名著，世界上研究法律政治的人无不佩服的。但是他一生无论什么时候，身边总带一本小书，一有闲暇的时候，就翻来看，所以他日积月累，学识渊博。大家只晓得他的学识湛深，而不晓得他却是从利用闲暇伟力得来。

法拉台　法拉台（Michael Faraday）是电学界极著名的发明家。他贫苦的时候是受人雇用着订书的，一天忙到晚；但是他一有一点闲暇，就一心一意做他的科学试验。有一次他写信给他的朋友说："我所需要的就是时间，我恨不能买到许多'写意人'的'空的钟头，甚至空的日子'。"但是有"空的钟头""空的日子"的"写意人"，反多一无贡献，和"草木同腐"，远不及"一天忙到晚"的法拉台，就在他能利用闲暇的伟力。

虽忙　一个人虽忙，每日只要能抽出一小时，如果用得其法，虽属常人也能精熟一种专门科学。每日一小时，积到十年，本属毫无知识的人，也要成为富有学识的人。

心之所好　尤其是年轻的人，在本有工作之外，遇有闲暇时候，总须有一种"心之所好"的有益的事做。这种事和他原有的工作有无关系，都不要紧，最要紧的是真正"心之所好"，有"乐此不疲"的态度。

现今　"现今"的时间，是我们立志可以作任何事的"原料"；用不着过于追想"已往"，梦想"将来"，最重要的是尽量地利用"现今"。

（原载1927年10月9日《生活》周刊第2卷第49期）

集中的精力

　　不分散精力于许多不同的事情，专心一志于一件最重要的事业，这是现今世界上要成功的人的一种极重要的需求。在这种需要集中注意集中精力的时代，凡是分散努力不能有所专注的人，绝无成功之望。

　　大不同　成功者与失败者大不同之点，并不在他们所做的工作的分量，是在乎他们工作的效率。有许多失败的朋友，他们所做的事并不少，讲到量的方面，与成功的人比起来，并无逊色。但是他们却是瞎做，不晓得利用机会，不晓得由失败里面获得教训；他的大毛病就是身手虽在那里做，精神上却没精打采的，并未曾用他全副精力，专注于此，所以虽然做了，徒然白费工夫。

　　无目的　这种人只晓得埋头苦做，你倘若问他目的何在，他就瞠目莫知所对。我们要知道，我们要寻得什么东西，心里先要存着要寻得这东西的观念，否则物且无有，何寻之有？环集于花上的昆

虫，不止蜜蜂，但是采蜜以去的只有蜜蜂。

不但 用于工作集中的精力，不但宜用于工作，就是研究学问，非集中精力，一定像走马灯一样；就是游戏，也非集中精力去玩，不能获到休养身心的良果。

说得好 钦斯来（Charles Kingsley）说得好："我专心致志于一件事情的时候，好像在世界上只有这一件事。"惟其能如此，所以关于这事的前前后后，无不留心，无不竭精殚思，便做成有智力的工作（intelligent work），不是瞎撞的事情。

小孩子 你若教一个小孩子学走路，引诱他的眼睛望着一件特殊的东西，他便精力集中，望着这件东西走，特别稳妥，特别敏捷，你倘若在各方诱他叫他，他便分散注意力，上你的当，一失足便跌了下来。这件小事很可以说明集中精力的妙用。

艺术 试就艺术说，无论什么真正的艺术，明确的目标，是其中一个重要的特色。如果有一位画画的人，他把许多观念，同时都堆入一张帆布上画了起来，并无或轻或重之处，便是画成一张乱七八糟的画，决不能成为一位画家。真正的画家，却要利用种种的变异，把一个最主要的意思托现出来，好像其他许多景物，许多光线，许多颜色，都是向着那个主要的意思为中心，共同把他表现出来。

人生 人生也是如此，所以良好和融的生活，无论才能如何广阔，学识如何丰博，一生总须有一个做中心的大目标。在此目标之下，才能学识等等都好像是附属物，共同把他逐渐表现出来，陪衬出来。

（原载1927年10月16日《生活》周刊第2卷第50期）

敏捷准确

　　成功是一对父母产出的宁馨儿——敏捷与准确。无论哪一位成功的人物，他一生里面总有"一发千钧"、"稍纵即逝"的重要关头，当这种时候，倘若心里一游移不决，或彷徨失措，就要全功尽弃，一无所成！

　　错误　遇着事就敏捷去做的人，就是偶有错误，也必终抵于成功！一个因循耽误的人，就是有较好的判断力，也必终于失败。

　　救星　一个不幸做了"迟疑不决"的牺牲者，其惟一的救星是"敏捷的决断，果敢的行为"。

　　欺人　对事要敏捷，还要准确。与人交际时最寻常而却最神圣的准确是践约。与人约了一定的时候，临时不到或迟到，除有真正的万不得已的理由外，便是一件有意欺人的事情，在新道德方面是一件切忌的恶根性。

　　华盛顿　华盛顿做总统的时候，常于下午4点钟在白宫宴请国会

议员，有的时候有几位新议员到得迟，到的时候看见总统已坐在那里吃，不舒服的意思形于神色，华盛顿便老实对他们说："我的厨子只问预约的时间到了没有，从来不问客人到了没有。"

拿破仑　拿破仑有一次请几位他的大将用膳，到了预约的时候，那几位大人还没有到，他一个人大嚼一顿。等他们来了，他已经吃完，离座对他们说："诸君，用膳的时候过了，我们立刻要去办公。"

信用　敏捷是信用之母。敏捷最能证明我们做事有序，做得好，使人信任我们的能力。至于确守时间的人，常是能够守信的人，也就是可恃的人。

（原载1927年10月23日《生活》周刊第2卷第51期）

随遇而安

一个人要有进取的意志，有进取的勇气，有进取的准备；但同时却要有随遇而安的工夫。

姑就事业的地位说，假使甲是最低的地位，乙是比甲较高的地位，依次推升而达丙丁戊等等。由甲而乙，由乙而丙，由丙而丁……中间必非一蹴而就，必经过一段历程。换句话说，由甲到乙，由乙到丙……的中间，必须用过多少工夫，费了多少时间，充了多少学识，得了多少经验，有了多少修养。

倘若未达到乙而尚在甲的时候，心里对于目前所处的境遇，就觉得没有乐趣，希望到了乙的地位才能安泰；到了乙，要想到丙，于是对于那个时候所处的境遇，又觉得没有乐趣，希望到丙的地位才能安泰……这样筋疲力尽的一辈子没有乐趣下去，天天如坐针毡，身心都觉没有地方安顿，岂不苦极！

所以我们一面要进取，一面对于目前所处的地位，要能寻出乐

趣来，譬如在职务上有一件事做得尽美尽善，便是乐趣；有一事对付得当，又是乐趣。在甲的时候，有这种乐趣；在乙的时候，也有这种乐趣；岂不是一辈子做有乐趣的人？这便是随遇而安的工夫，这样的随遇而安是积极的，不是消极的。彻底明白了此中真谛，真是受用无穷！

（原载1927年11月13日《生活》周刊第3卷第2期）

坚毅之酬报

　　一个人做事，在动手以前，当然要详慎考虑；但是计划或方针已定之后，就要认定目标进行，不可再有迟疑不决的态度。这就是坚毅的精神。

　　大思想家乌尔德（William Wirt）曾经说过："对于两件事，要想先做哪一件，而始终不能决定，这种人一件事都不会做。还有人虽然决定了一件事的计划，但是一听了朋友的一句话，就要气馁；其先决定这个意思，觉得不对，既而决定那个意思，又觉得不对；其先决定这样办法，觉得不对，既而决定那样办法，又觉得不对；好像船上虽然有了罗盘针，而这个罗盘针却跟着风浪而时常变动的；这种人决不能做大事，决不能有所成就，这种人不能有进步，至多维持现状，大概还不免退步！"

　　有一个报界访员问发明家爱迪生："你的发现是不是往往意外碰到的？"他毅然答道："我从来没有意外碰到有价值的事情。

我完全决定某种结果是值得下工夫去得到的，我就勇迈前进，试了又试，不肯罢休，直到试到我所预想的结果发生之后，我才肯歇！……我天性如此，自己也莫名其妙。无论什么事，一经我着手去做，我的心思脑力，总完全和他无顷刻的分离，非把他做好，简直不能安逸。"

坚毅的仇敌是"反抗的环境"，但是我们要知道"反抗的环境"正是创造我们能力的机会。反抗的环境能使我们养成更强烈的抵御的力量；每战胜过困难一次，便造成我们用来抵御其次难关的更大的能力。

文豪嘉莱尔（Carlyle）千辛万苦的著成一部《法国革命史》。当他第一卷要付印的时候，他穷得不得了，急急忙忙地押与一个邻居，不幸那本稿子跌在地下，给一个女仆拿去加入柴里去烧火，把他的数年心血，几分钟里烧得干干净净！这当然使他失望得不可言状，但是他却不是因此灰心的人。又费了许多心血去搜集材料，重新做起，终成了他的名著。

就是一天用一小时工夫求学问，用了十二年工夫，时间与在大学四年的专门求学的时间一样，在实际经验中参证所学，所得的效益更要高出万万！

（原载1927年11月27日《生活》周刊第3卷第4期）

邹韬奋

散文精品

【第三辑】

办私室

　　诸君听惯了"办公室"这一个名词，忽然看见这个题目叫做"办私室"，也许疑为写错了字，或者是指洋房里面排着浴盆和抽水马桶的那个房间；其实既不是写错了字，也不是指那个与"方便"为缘的办私房间，是指虽称"办公"而实为"办私"的地方。

　　怎么叫做"办私"？开宗明义第一章即是安插私人。只要你做了一个什么"长"，局长也好，校长也好，或只要做了什么"理"，总理也好，协理也好，总之只要你做了一个独当一面有权用人的领袖，大领也好，小领也好，便得了无上机会去实行"举不避亲"的政策！舅老爷可任会计，姑老爷可任庶务，表老爷可任科长，侄少爷可任科员……真是人才济济，古人说"忠臣孝子出于一门"，这至少也可以说是"各种饭桶出于一门"！外面的真正的专门人才虽多，其奈不是"出于一门"何！

　　常语有两句话，一句是"为人择事"，一句是"为事择人"；

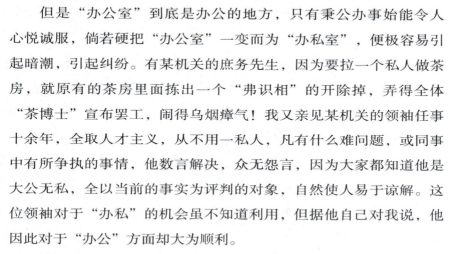

其实能为事择人，是要办某事而选用合于此事的人才，固然是很好的事情，就是因有了人才，寻得相当的事叫他去做，也不是什么不好的事情。所最可痛的是不管事情弄得怎样糟，只要是自己的亲戚弄得饭碗算数！

但是"办公室"到底是办公的地方，只有秉公办事始能令人心悦诚服，倘若硬把"办公室"一变而为"办私室"，便极容易引起暗潮，引起纠纷。有某机关的庶务先生，因为要拉一个私人做茶房，就原有的茶房里面拣出一个"弗识相"的开除掉，弄得全体"茶博士"宣布罢工，闹得乌烟瘴气！我又亲见某机关的领袖任事十余年，全取人才主义，从不用一私人，凡有什么难问题，或同事中有所争执的事情，他数言解决，众无怨言，因为大家都知道他是大公无私，全以当前的事实为评判的对象，自然使人易于谅解。这位领袖对于"办私"的机会虽不知道利用，但据他自己对我说，他因此对于"办公"方面却大为顺利。

做领袖的人要做全机关的表率，所以尤忌在办公室里"办私"。但是任何办公室，除了领袖，还有许多职员，而办公的职员也往往各办其私。西友某君有一次很诧异的问我说道："在外国银行里，各办事桌旁的办事员总是忙于办公，何以偶入中国的银行，往往看见许多人就办公桌上看报？"他这种话当然不能抹杀我国人办的许多银行，但是我们试冷眼观察，吾国办公机关里的职员，于办公时间内看了大报还看小报的人有多少？这种私而忘公的精神怎样的普遍！

听说外国国民看报的人比我国多得不知几何倍数，他们每日由家出外赴办公室的时候，往往利用在途中坐车的一些时间内把本日的报展开来看看，到了办公室便须认真的办公，他们真是笨伯！何以不知利用办公室里的办公时间来看看报呢？可见他们不及我国办事的聪明了！

我国办公事的人还有一种"办私"的好机会，就是滥用机关里

的信封信笺，就在办公室里来写私人的信！

据梁实秋先生说他有一天接到一封从外国邮局寄来的信，那信封是免贴邮票的信封，在贴邮票的角上印着："如有以此信封作私用者，处以二百元之罚金。"这种事情，在咱们的聪明办公者们看起来，未免要笑他们不懂得"办私室"的妙诀，以为公私何必分得如此分明，未免"小题大做"了！

我有一位朋友在某机关里服务，他告诉我说他有一位同事差不多天天在办公室里用机关里的信封信笺大写其情书，他虽"挨弗着"拜读那些情意缠绵的情书内容，但偶尔把眼角斜过去偷瞧偷瞧，但见满纸"吾爱"！这也可以算是在办公室里极"办私"的能事了！谁家女郎，得到这样多情的如意郎君，所不堪闻问的是那间表面上号称"办公室"里的事务成绩！

我又听说外国的各种机关正在那里利用种种科学的原理来增加办公的效率，我国"办私室"的效率对于"办私"方面似尚不无成绩，也许可与讲究效率的外国并驾齐驱！我们中国社会事业所以难有进步，也许是有一部分因为这一方面的成绩太好了！太普遍了！

（原载1929年1月13日《生活》周刊第10卷第9期）

尽我所有

我们常看见有许多学英文的人，遇了用得着的时候，总怕开口，所以学校里有的请了外国人教英文，遇着师生聚会或宴会的时候，常有一堆学生躲来躲去，很不愿意和他同席，更不愿意和他多谈。这是什么缘故？也许是因为他觉得自己说得不好，怕出丑。其实你是外国人，西文是你的母音，我是中国人，本来不是说英语的，我懂得多少就说多少，能说得多好就说多好，如果说得差些，我总算"尽我所有"说了出来，有的不行的地方，有机会再学就是了，一些没有什么难为情！若本来自己不行，却扭扭捏捏、遮遮掩掩，试分析自己此时的心理，岂不是要表示我原是不错，不过不高兴说就是了！自己没有而要装做有，这便是不知不觉中趋于"伪"的一条路上去！天下作伪是最苦恼的事情，老老实实是最愉快的事情，"尽我所有"便是老老实实的态度，有了这种态度，岂但说什么英语心里无所畏，做什么都有无畏的精神，说英语不过是一种较

为浅显的例罢了。

在校里做学生的时候，在课室里倒了霉被教师喊着名字，叫起来考问几句，胆小一些的仁兄，往往也吓得声音发抖，懂得两句的，只吞吞吐吐地答出了一句！这里面当然也有"撒烂污"的朋友，但是也有很冤枉的。既经懂了何以还有这样的冤枉？也是缺乏"尽我所有"的态度。有了这种态度，只要在自修的时候，"尽我所有"的能力用功，答的时候"尽我所有"的知识回答，既经"尽我所有"，于心无愧，如再不免"吃汤则"，所谓"呒啥话头"，用文绉绉的话便是所谓"夫复何言"，我害怕要吃，不害怕也要吃，怕他作甚！这样一来，心境上成了所谓"君子坦荡荡"，不至于做"小人常戚戚"了。

做学生对付功课需要这种"尽我所有"的态度，就是我们要求自身的发展，也何尝不需要这种态度。有人告诉我们说，我要升学没有钱，做不到，学生意心里又不愿，怎样好？他不知道我们要求发展只有以目前"所有"的境地做出发点，不能一步升天的！没有钱升学诚然是不幸，但是天上既不能立刻掉下钱来，学生意的人也不见得个个都无出息，也是事在人为，我们便须利用"尽我所有"的凭借而往前做去，否则就是立刻急死也是无用的！而且我们深信果能抱着"尽我所有"的坚毅奋发的态度往前干，不怕困难的拼命的干，总有达到目的的日子！只怕我们不干！只怕我们不能"尽我所有"！

岂但无力升学的苦青年，社会无论什么人都有他们说不出的痛苦，说不出的不满意，最需要的也是这种"尽我所有"的态度，尽量利用我们所有的能力，所有的凭借，无论或大或小，总是，"尽我所有"的往前干，干到不能干无可干时再说！有了这种态度，只望着前途，只望着未来，不知道什么是困难，不知道什么是危险，不知道什么是烦闷，不知道什么是失望，但知道"尽我所有"的往前干，干到不能干无可干再说！俗语所谓"做到哪里算哪里"，一个人本来不能包办一切，本来只能"尽我所有"，此外多愁多虑多烦多恼，都是庸人自扰的事情！

　　这种"尽我所有"的态度，岂但从个人事业的立场言是非常需要的，就是我们想到社会的改进方面，也要有这种态度。即就全国不识字的人民一端而言，约占全数百分之八十，而现在的德国和日本，全国不识字的人仅达百分之十，国民的知识程度相差如此之远，想到以全民为基础的民国前途，很容易使人气馁。但是我们决不能因"气馁"而能为国家增加丝毫的进步，也只有抱定"尽我所有"的态度，一人的力量能做多少即做多少，一团体的力量能做多少即做多少，一种刊物的力量能做多少即做多少，"尽我所有"的往前干！干一分是一分！干两分是两分！前途怎样辽远，我们不管！要"尽我所有"的向前猛进！

（原载1929年1月20日《生活》周刊第4卷第10期）

忘 名

　　"三代下惟恐不好名"，一个人知道好名，他便要顾到清议，想到舆论，不敢肆无忌惮，不要脸的人当然更是不要名的人，所以好名原来不是一件什么坏的事情，有的时候也许是一种很有效的兴奋剂，督促着人们向正当的路上前进。所以我们对于好名的人，并不要劝他们一定要把好名心去掉，不过要劝他们彻底明白"名者，实之宾也"，要"实至名归"的名才靠得住。像因发明"相对论"而名震寰宇的德国科学家安斯坦，他的名是实实在在的有了空前的发明，引起科学界的钦服，才有这样的结果，并不是由他自己凭空瞎吹出来的。你看据他的夫人说，他生平是极怕出风头的，极怕有人替他作广告的，甚至有人把他的相片登在报上，他见了竟因此不舒服了两天。可见他的名是他的确有实际的事业之自然而然的附属产物，并不是虚名，在他当初原无所容心。惟其有"实"做基础的"名"，才有荣誉之可言；若是有名无"实"的"名"，别人依你

的 "名" 而要求你的 "实"，你既然是本无所谓 "实"，当然终有拆穿的时候，于是不但享不着什么荣誉，最后的结果，只有使你难堪得无地自容的 "丑"。俗语谦词有所谓 "献丑"，不肯务 "实" 而急急于窃盗虚声的人，便是拼命替自己准备 "献丑"，这是何苦来！

我们并不劝好名的人不要好名，只希望好名的人能在 "实" 字上用工夫，既如上述：但是照我个人愚妄之见，一个人要享受胸次浩大的愉快心境，要不为 "患得患失" 的愁虑所围困，则热衷好名远不如太上忘名。

我们试彻底想一想看，"名" 除了能满足我们的虚荣心外，有多大的好处？我常以为我们各个人的价值是在能各就天赋的特长分途对人群作相当的贡献，作各尽所能的贡献，我有一分实际能力，干我一分能力所能干的事；我有十分实际能力，干我十分能力所能干的事。有了大名，不见得便把我所仅有的一分能力加到十分；没有大名，不见得便把我所原有的十分能力缩到一分。我但知尽我心力的干去，多么坦夷自在，何必常把与实际工作无甚关系的名来扰动吾心？

美国著名飞行家林德白因飞渡大西洋的伟绩而名益噪，乃至他随便到何处，都有新闻记者张望着，追询着，甚至他和他的新夫人度蜜月，都要千方百计的瞒着社会，暗中进行，以避烦扰。这是大名给他的好处！

美国前总统现任大理院院长的塔虎脱，最近因为生了病，动身到加拿大去养病。他原已病得走不大动，坐在一个有轮的靠椅上，用一个人推到火车站去预备上火车。他既是所谓名人，虽在养病怕烦之中，仍有许多新闻记者及摄影者包围着大摄其影，虽然经他再三拒绝，还是不免，他临时气急了，勉强跑出了椅子，往火车上钻，一面摇着手叫他们不要跟上。这也是大名给他的好处！

我们做无名小卒的人，度蜜月也好，养病也好，享着自由自己

不觉得，谁感觉到他们的许多不便利？

　　身前的名对于我们的本身已没有什么增损，身后的名则又如何？杜甫梦李白诗里说"千秋万岁名，寂寞身后事"，死后是否有知，我们未曾死过的人既无从知道，又何必斤斤于"寂寞"的"身后事"？况且身后的名，于我们的本身又有什么增损？例如生在二千四百七十二年前的孔老夫子，他自有他的价值，他生时自有他的贡献，后来许多帝王硬把他捧成"独尊"，现在有许多人硬要打倒他；或誉或毁，纷纷扰扰，他在死中是否知道？于他本身又有什么增损？

　　蔡孑民先生有两句诗说："纵留万古名何用？但求霎那心太平，"我觉得可玩味。我们倘能问心无愧，尽我心力对社会有所贡献，此心便很太平，别人知道不知道，满不在乎！有了这样的态度，便享受得到胸怀浩大的愉快心境，便不至为"患得患失"的愁虑所围困，所以我说热衷好名远不如太上忘名。

（原载1929年10月6日《生活》周刊第4卷第45期）

呆 气

我们寻常大概都知道敬重"勇气"和敬重"正气"。昔曾子谓子襄曰："子好勇乎？吾尝闻大勇于夫子矣：自反而不缩，虽褐宽博，吾不惴焉；自反而缩，虽千万人，吾往矣！"这是从理直气壮中所生出的勇气。孟子说："我善养吾浩然之气。"有人问他什么叫做浩然之气，他说："难言也，其为气也，至大至刚，以直养而无害，则塞于天地之间；其为气也，配义与道，无是，馁也。"这是天地间的浩然正气。但是我意以为非有几分呆气，勇气鼓不起来，正气亦将消散；因为"虽千万人，吾往矣"！非有几分呆气的人决不肯干；"以直养而无害"，亦非有几分呆气的人也不肯干。试想富贵不能淫，威武不能屈，贫贱不能移，不是呆气的十足表现吗？

研究任何学问，欲求造诣深邃者，也不可不有几分呆气。据传发明地心吸力学说的牛顿，有一天清晨正在潜思深究的有味当儿，

他的女仆预把鸡蛋置小锅旁备他自煮作早餐，他一面沉思，一面把手上的一只表放入锅内滚水中大煮特煮，这不是呆气的表现吗？又据传说电学怪杰爱迪生结婚之日，与新夫人同车经过他的实验所，把夫人暂停在门外，自己跑进去取什么东西，不料进去之后，忘其所以，竟在一张桌上大做其实验，把夫人丢在外面许久，最后由新夫人进去找了出来，才一同回家去，这又不是呆气的表现吗？大概研究学问非研究到有了呆气的境域，钻得不深，求得不切，只有皮毛可得，彼科学家思创造一物，发明一理，当其在未创造未发明之前，人莫不讥为梦想，甚乃狂易，认为徒耗光阴，结果辽远，而彼科学家独能不顾讥笑，埋头研究，甚至废寝忘食，甘之如饴，非有几分呆气为后盾，岂能坚持得下去。

委身革命事业以拯救同胞为己任者，也不可不有几分呆气。彼革命志士，思为国家谋幸福，为人民除痛苦，而当其未达到谋幸福除痛苦之前，无一兵一卒之力，无弹丸凭借之地，在他人见之，未尝非纸上谈兵，痴人说梦，认为必不可以实现，然卒以彼大革命家之规谋计划，冒万险，排万难，忍人之所不能忍，为人之所不敢为，刀斧不足以惧其心，穷困不足以移其志，置身家性命于度外，而登高一呼，万方响应，翕然从风，固为万流景仰，但在流离颠沛之际，非有几分呆气为后盾，岂能坚持得下去？诚以凡事非有几分呆气来应付，处处只计及一己利害，事事顾虑前途得失，无丝毫之主见，无丝毫之冒险精神，迟疑不前，越趄不进，永在彷徨歧路之间而已。

此外欲能忠于职务，亦非具有几分呆气不可。在办公室中但望公毕时间之速到，或手持公事而目注墙上所悬时计者，大概都是聪明朋友的把戏，事业交在这种人手上是永远办不好，这是可以保险的。因为他所缺乏的就是忠于职务视公务如己事的呆气。降而至于交友，也以具有几分呆气的朋友为靠得住。韩退之所慨叹的"士穷乃见节义"，朋友穷了，仍不忘其友谊，此事非有较高程度之呆气者不办！

　　我们寻常的心理，大概无不喜闻他人之誉我聪明，且亦时欲表现其聪明；又无不厌闻他人之称我为呆子，而并不愿自认为呆子。初不料呆气也有那么大的好处！

　　　　　　　　（原载1931年5月16日《生活》周刊第6卷第21期）

不堪设想的官化

　　近有一天在友人宴席间遇着上海银行界某君，听他谈起官化的乌烟瘴气，又引起我来说几句不中听的话。

　　这位某君也者，原是上海银行界里一个红人儿，最近被任为不久即可开幕的官商合办性质的某银行的总经理。这个银行本拟国立的，已有了什么筹备处，堂哉皇哉官办的银行筹备处难免有一个大优点，就是官化！官化的最大优点是安插冗员，养成婢颜奴膝一呼百诺吃饭拿钱不必做事的好风气。最近这个正在筹备中的银行招了若干商股，变成官商合办的性质。在招商股的时候，因为官的信用太好了，恐怕商人不信任而不肯投资，乃用拉夫手段把某君拉去做一个开台戏的跳加官。某君被拉之后，跑到官办的筹备处去瞧瞧，但见一切筹而未备，却用了许多冗员，不但冗员而已，并用了几十个冗茶房（即仆役），冗的空气总算不薄，既是够得上"冗"字的美名，当然没有什么事干，不过一大堆的奔走唱诺而已。某君想不办则已，要办只得将官办的筹备处和要办的银行划开，他不管筹备处，只管依照银行的严格办法，另行组织起来。有许多冗员来见他，做出做官的样子，俯首垂手弯背，有椅不敢坐，开口总理，闭口总理，无论何事，不管是非，总是唯唯喏喏连答几个"是"字。这在做惯了官、摆惯了臭架子的官僚，当然听了像上海人所谓"窝心"（适意也），不过这位不识抬举的某君却只重办事的真效率，听了那样娇滴滴的柔声反而觉得刺耳怪难过！看了那样百媚横生的姿态反而觉得触眼怪难受！还有许多人拿着要人的荐条，某君一概不看，有的竟说是部长叫他来见的，某君老实不客气的说这里用人是以办事能力为标准，部长和这里是没有关系的。他几日来天天要抽出大部分的时间来见客，都是要这样对付一班阔人背后的饭桶，简直好像和他们宣战！

有所不为而后有为。某君原有他自己的银行事业，对于那个银行的总经理可干可不干，所以不为官化毒气所包围，那个银行的前途有些希望，也许就在这一点。

由官化的人物主持的官化的机关，好像霉了的水果，没有不溃烂的。无论何事，由这种人办起来，公款是不妨滥支的，私人是不妨滥用的，至于办事的效率却是他脑袋里始终连影子都不曾有过的东西。

（原载1929年12月1日《生活》周刊第5卷第1期）

四P要诀

据说在美国对于人的观察，很通行所谓四P要诀。 Personality，译中文为"人格"；第二P为Principle，可译为"原则"或"主义"；第三P为Programme，可译为"进行程序"或"计划"；第四P为Practicability，可译为"可以实行"或"可行"。原文这四个字都有P字为首，故称四P。就是说要观察人，第一要注意他的"人格"怎样，第二要注意他的"主义"怎样，第三要注意他的有无"计划"或怎样，第四要注意他的计划是否"可行"。他们以为对人能仔细考察他的四P，思过半矣。

不过我们倘略加研究，便觉得所谓"人格"，人人看法不同。在统治者看来，往往觉得奴性并无背于人格；在革命者看来，和罪恶妥协都是人格的破产。从前认女子殉夫或上门守节是女子的无上的好人格，现在却不值得识者之一笑。这样看来，所谓"人格"，还该需要一种新标准。我以为人格的新标准，应以对社会全体生活有何影响为中心；对于社会全体生活有利的便是好的，对于社会全体生活有害的便是坏的。例如压迫者榨取者之欢迎"奴性"，是要利用多数人以供少数人享用的工具，这于全体生活是有害无利，是很显然的，关于第二P的"主义"，也可以这同样的标准做测量的尺度。

　　第三P和第四P合起来讲，有了"计划"还要"可行"，这便是说计划要能对准现实，作对症下药的实施，不是徒唱高调的玩意儿。但是有时"计划"之"可行"，虽为识见深远者所预见，往往为眼光浅短者所无从了解，嚣然以高调相识，为积极进行中的莫大障碍。在这种情况之下，便靠实有真知灼见者之力排众议，以坚毅的精神，和困难作殊死战。等到成绩显然，水落石出，盲目的反对或阻碍有如沸汤灌雪，立见消融。所以第四P的辨别判断，尤恃有超卓的识见，对于现实须具有丰富缜密的观察。

　　　　　　　（原载1932年12月3日《生活》周刊第7卷第48期）

统治者的笨拙

19世纪末叶的俄国，在青年里所潜伏着的革命种子已有随处爆发的紧张形势，而当时统治者的横暴残酷，也处处推促革命狂潮的奔临。

"……到了19世纪的末了，形势一天一天的愈益紧张了。1897年，有一个大学女生名叫玛利亚（Maria Vetrova），被拘囚于彼得保罗炮台，在该处她在神秘的情况中自杀。当道对于她的死，严守了十六天的秘密，然后才通知她的家属，说她将火油倒在自己身上，把她自己烧死。大家都疑心这个女生的死是由于强奸和强暴而送命的，这件事变更为学生界愤怒的导火线……"（见《革命文豪高尔基》第十八章"革命的前夕"）俄国革命便由统治者在这样压迫青年自掘坟墓中酝酿起来。

其实这种惨酷的现象，不仅当时的俄国为然，世界上黑暗的国家，统治者对于革命的男女青年的摧残蹂躏，也一样的惨酷，不但

惨酷而已，而且还要用极卑鄙恶劣的手段，造作种种蜚语，横加侮辱，以自掩饰其罪恶。这种手段当然是极端笨拙愚蠢的，因为略明事理及知道事实的人决不会受其欺骗；在统治者自身，徒然暴露其心慌意乱，倒行逆施，增加大众的愤怒和痛恨罢了。

（原载1933年7月8日《生活》周刊第8卷第27期）

走　狗

　　"走狗"这个名称，大家想来都是很耳熟的。说起"走"这件事，并不是狗独有，猪猡会走，自称"万物之灵"的人也会走，何以独有"走狗"特别以"走"闻名于世？飞禽走兽，飞是禽的本能；走是兽的本能；这原是很寻常的事实，并不含有褒贬的意味。但是"走狗"的徽号，却没有人肯承认——虽则这个人的行为的的确确地是在表示着他是一位道地十足的走狗，换句话说，被人称为走狗，大概没有不认为是一件大不名誉的事情。你倘若很冒昧地对你的朋友当面说"老兄是个走狗"，无疑地是得不到什么愉快的反应的。这又是什么道理呢？

　　玩狗是西洋女子的一件很普遍的消遣的事情——这些女子当然是属于有闲阶级的。中国的"阔"女子中也有很少数的染着这样的"洋气"。听说中国某著名外交官的太太便极爱养狗，养了十几只小哈吧狗，她的丈夫贵为公使，有时和她出门带着秘书，一等秘书二等秘书三等秘书等等要很小心谨慎地替她抱狗，恭恭敬敬地侍候着。但这在中国，究竟寥寥可数，所以我们未曾做过著名外交家的娇贵太太的随从者，对于玩着狗的游戏，究竟不易得到"赏鉴"的机会。依记者"萍踪"所到，在英国看见太太小姐们拖着狗在公园里或小山上从容闲步的很多。我在伦敦有一次住宅的附近有一个很广大的草原（Hamps Terd Heath）遇着星期日，在这里游行的男女老幼非常的多，你在这里可以看见许多妇女手里拖着一只小狗。有许多把拉狗的皮带解下，让狗自由地随着。在这种地方，我才无意中仔细看出走狗的特色。你可常看到这种随着的小狗，它的主人可随便地带着它玩，无不如意。它的主人把一只皮球往前远抛，它就兴会淋漓地往前跑，拼命把那个皮球抓着衔回来给它的主人；它的主人再抛，它再跑，再拼命抓着球衔回来。有的没有带着皮球，只要拾着一根树枝，也可以这样抛着玩。这大草原上有池塘，有的狗主人领着狗走进池边，把一根树枝抛在池里远处，呼唤着狗去衔回来，这狗也兴会淋漓地往小池里钻，拼命游泳过去，很吃力地把那根树枝衔回来，主人顾盼着取乐。至于这主人是怎样的人，平日干的什么事，叫它干的是什么事，有什么意义，有什么效果，在这疲于奔命的走狗，并没有什么分别，只要你豢养它，它就对你"唯命是听"。自号"万物之灵"的人类里面的走狗，最大的特色，无疑地也是这个和狗"比美"的美德。其实"衣冠禽兽"的人类中的"走狗"较真的走狗，还要胜一筹的，是真的走狗除非是疯狗，至多是供人玩玩，有的在乡村里还能担负守夜的责任，"衣冠禽兽"中的"走狗"却要帮着豢养他（或它）的主子无恶不作，越"忠实"越"兴会淋漓，就越糟糕！在这种地方也可以说是人不如狗，不要再吹着什么"万物之灵"了。

（原载《大众生活》1935年11月23日第1卷第2期）

领导权

　　近来常听见有人提起"领导权"这个名词，也常听见有人说某某或某派要抢领导权云云，好像领导权是可由少数人任意操纵，或私相授受似的。这种人的心目中所认为领导权，只想到领导者，只知道有立于领导地位的少数个人，把大众抛到九霄云外！于是他们便存着一个很大的错误观念，以为领导权是从少数人出发，大众只是受这少数人所"领导"。随着这个错误的观念，他们又有着一个很大的误解，常常慨叹于中国大众的没有力量，梦想着好像可以忽然从天空中掉下来的"领袖"，然后由这个"全知万能""生而知之"的"领袖"来"领导"大众；以为大众只配受这样高高在上和大众隔离的"领袖"所领导！

　　其实领导权在表面上似乎是领导着大众，而在骨子里却是受大众所领导，大众才是领导权所从来的真正的根源。

　　我在莫斯科时细看他们的革命博物馆，看到革命进程中每一个

运动的事实的表现，都觉得领导中心之所以伟大，全在乎能和当时大众的要求呼应着打成一片；换句话说，领导中心是受着大众的领导，也只有受着大众领导的中心才能成其为领导中心。

　　谁都不能否认列宁和他的一群是苏联革命的领导中心。他在1917年发动革命时所提出的标语是土地、面包、和平。当时克伦斯基政府无力应付经济危机，仍和协约国进行帝国主义争夺的战争，对于民生的艰苦，农民土地问题的急切待决，都毫不顾及。而列宁在当时所提出的三大主张：土地归农民，工厂归工人，不参加帝国主义的战争，恰恰反映着当时大众的迫切要求；接着主张"一切权力属于苏维埃"，又是达到这三大主张的惟一途径。列宁在当时能根据大众的真正要求和可以达到这真正要求的途径努力干去，这不是很显然地是受着大众所领导吗？这不是很显然地表示他的领导权不是和大众隔离而是发源于大众的吗？所以在表面上列宁和他一群似乎是在那里领导着大众向着正确的路线前进，而在骨子里却是他和他的一群受着大众的要求所领导而向前迈进着。他的伟大是在于他能认清大众的要求和用来达到大众要求所必由的正确路线，并不是离开大众而能凭着什么领导权而干出来的。而且在他认清大众的要求和用来达到大众要求所必由的正确的路线后，也还要靠着大众自身的共同奋起斗争的力量而才能获得成功的，并不是抛开大众的力量而能由少数人孤独着干得好的。其实果然能依着大众的要求而努力的，决不会得不到大众的共同奋斗的力量；怕大众力量抬头，用种种方法压迫大众力量的抬头，正足以证明这些人为的是他们自己和他们的一群的利益，所以提防大众如防家贼似的！和大众既立于相反的地位，摧残蹂躏大众之不暇，还说得上什么领导大众呢？果要领导大众吗？必须受大众的领导！

（原载1936年1月25日《大众生活》第1卷第11期）

个人的美德

　　有一位老前辈在某机关里办事，因为他的事务忙，那机关里替他备了一辆汽车，任他使用。有一天他对我说，他想念到中国有许多苦人，在饿寒中过可怜的日子，觉得非常难过，已把汽车取消，不再乘坐了。我问他什么用意，他说改造社会，要以身作则。他这样做是要把自己的俭苦来感化别人的。我说我很怀疑这种"感化"的实效究竟有多少，因为许多"苦人"根本就坐不起汽车，用不着你去感化；至于上海滩上的富翁阔少，买办官僚，决不会因为你老不坐汽车，他们也把汽车取消。就是我这样出门只能乘乘电车，或有的地方没有电车可乘，因为要赶快，不得不忍心坐上把人当牛马的黄包车，也无法领略你老的"感化"作用。他听了没有话说。

　　就一般说，这位老前辈算是有着他的个人的美德，但他要想把这"个人的美德"的"感化"作用来"改造社会"，便发生我在上面所说的困难了。他真正要想改造社会，便应该努力促成一种社会

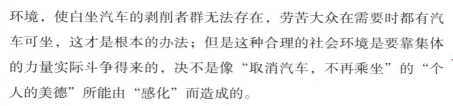

环境，使白坐汽车的剥削者群无法存在，劳苦大众在需要时都有汽车可坐，这才是根本的办法；但是这种合理的社会环境是要靠集体的力量实际斗争得来的，决不是像"取消汽车，不再乘坐"的"个人的美德"所能由"感化"而造成的。

有人羡称列宁从革命时代到他握着政权以后，只有着一件陈旧破烂的呢大衣，连一件新大衣都没有，叹为绝无仅有的个人的美德，好像要想学列宁的人只须学他始终穿着一件破旧的大衣便行！其实列宁并非有意穿上一件破旧的大衣来"感化"什么人，他的伟大是在能领导大众为着大众革命，在努力革命中忘却了自己的衣服享用，恰恰是无意中始终穿着一件破旧的大衣。倘若不注意他为解放大众所积极进行的工作，而仅仅有意于什么个人美德的感化作用，那就等于上面那位老前辈的感化论了。无疑地列宁决不是要提倡穿着破旧的大衣，他所领导的革命成功之后，劳苦大众不但无须穿着破旧的大衣，而且因社会主义建设的着着成功，大家还都得穿上新的好的大衣！

我在德国的时候，听见有人不绝口地称赞希特勒的俭德，说他薪俸都不要，把它归还到国库里。我觉得他的重要任务是所行的政策能否解决德国人民的经济问题，是否有益于德国的大众，倒不在乎他个人的薪俸的收下或归还。老实说，像我们全靠一些薪俸来养家活命的人们，便无从领受这样"个人的美德"的"感化"。

我们的意思，当然不是反对个人的美德，更不是说奢侈贪污之有裨于社会，不过鉴于有一班人夸大"个人的美德"对于改造社会的效用，反而忽略或有意模糊对于改造现实所需要的积极的斗争。

（原载1936年2月26日《大众生活》第1期第16期）

民众的要求

　　民众所要求的是真正的彻底的抗敌救国，但怎样知道是真正的彻底的抗敌救国呢？至少有两个条件：一个是开放民众的救国运动；还有一个是在救国目的未达到以前，绝对没有妥协的余地。

　　民族解放运动的最后胜利不是仅靠军事所能获得的。两个侵略国的掠夺战争和被侵略国对于侵略国的抗战，是不能相提并论的，主要的异点是前者偏重军事的对抗力量，后者却靠一致拼死自救的策略。因为这个缘故，在被侵略国的基本力量是在军事和民众的力量打成一片。所谓军事和民众的力量打成一片，却有特殊的意义，不可忽视的。遇着全国民众所托命的国家民族临到极危殆的时候，大家为着救死而共同团结起来努力奋斗，这是自发的必然的运动，在握有政权、军权者诚然也志在真正出全力为垂危的国家民族争取最后一线的生机，和民众救国运动所奔赴的目标是同一的，这两方面便自然地会打成一片。在这种的形势之下，当局者不但不怕民众

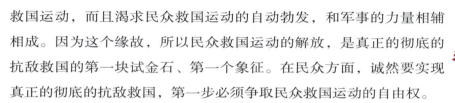

救国运动，而且渴求民众救国运动的自动勃发，和军事的力量相辅相成。因为这个缘故，所以民众救国运动的解放，是真正的彻底的抗敌救国的第一块试金石、第一个象征。在民众方面，诚然要实现真正的彻底的抗敌救国，第一步必须争取民众救国运动的自由权。

抗敌救国是最伟大的，也是最艰苦的事业，需要坚决久持百折不回的努力奋斗，这固然是不消说的。但是为什么要坚决久持百折不回的努力奋斗？为的当然不是任何个人或任何集团的利益，却是要使得全国民众所托命的国家民族获得自由平等的地位；在这个目的未达到以前，不应该妥协。这理由是很显然的，真正的目的既在抗敌救国，在敌未退而国未救以前，为着什么要妥协呢？所以是否真正的彻底的抗敌救国，要看是否中途妥协。中途决不妥协，那才是真为着抗敌救国而迈进，否则便表示另有其他的动机。这可说是第二块试金石。

常听到有人发生疑问：某某在心里是要抗敌救国吧？某某在动机上是另有问题吧？无可捉摸的心，无形可见的动机，诚然无法加以评判，但是事实上的表现却是有凭有据的客观材料。注意客观事实的进展，应用这两块试金石，正确的评判不是不可能的。

（原载1936年6月8日香港《生活日报》第2号）

从现实做出发点

　　"理想为事实之母"，这句话好像是很合于真理的，尤其是因为很耳熟的一句成语，我们往往不加思索地把它认为确切不变的真理。其实我们如仔细思量一番，便知道这句话有着语病，因为很容易使人误会，以为理想是可以超越现实而凭空虚构的，不想到自古以来任何大思想家的理想，都有他的现实的社会背景，都有事实之母，而不是凭空产生的。由事实产生的理想，再由这理想而影响到后来的事实，这诚然是谁也不能否认的，由这样的观点看去，说"理想为事实之母"，这句话原也讲得通，但是还不可忘却一个很重要的条件，那便是要在现实上运用这个理想，必须从现实做出发点，必须顾到当前的客观的事实，不是能够抛开你当前的现实而可以立刻或很顺利地实现你的理想。

　　哲学家的重要任务是要改变世界，而不是仅仅用种种方法解释世界。人类是能够改造历史的。所以我们要推动历史巨轮的前进，不可屈服于现实，必须负起改造现实的使命，但是要改造必须从现实做出发点，不能抛开现实而不顾，这是很显然的。例如你要改造一所屋子，你必须根据这所屋子的种种实际的情形设计，无论如何是不能抛开这所屋子而不顾的。

我们倘若能常常牢记着我们是要从现实做出发点，便不至犯近视病的苦闷，悲观，为艰苦所克服的等等流弊。

我们闭拢眼睛静思我们理想中的中国，尽管是怎样的自由平等，愉快安乐，但是你要实现这个理想，必须从现实的中国做出发点；现实的中国不能这样完全的，是有着许多可悲可痛的事实，是有着许多可耻可愤的事实，我们既明知现实的中国有着这种种的当前事实，又明知要改造中国必须从现实做出发点，便须准备和这种种事实相见，便须准备和种种事实斗争，这是意中事，是必然要遇着的；从事实做出发点的斗争，决不是没有阻碍的，有阻碍便必然地有困难，解决困难也必然要经过艰苦的历程，这是意中事，也必然要遇着的。其实中国如果是已像我们理想中的那样完全了，那就用不着我们来改造；改造时如没有阻碍，没有困难，那也用不着我们来斗争。倘若你一方面要改造中国，要排除阻碍，解决困难；一方面却因中国的糟而苦闷，悲观，怕见阻碍，怕遇困难；这不是自相矛盾吗？这矛盾所给与你的痛苦，是因为未曾注意要从现实做出发点！如果我们注意我们必须从现实做出发点，我们既不能像孙行者的摇身一变，脱离这个现实的世界，翻个筋斗到天空里去，那末我们只有向前干的一个态度，只有排除万难向前奋斗的一个态度。为什么呢？因为我们必须从现实做出发点，现实就根本是有缺憾的，必然是不完全的，必然是有着许多不满意的，甚至必然是有着许多事实令人痛心疾首的，我们既不能逃避现实，就不能逃避这种种，就只有设法来对付这种种；一个人或少数人来对付不够，就只有设法造成集体的力量来对付。

现在有不少青年有志奋斗，但同时却有许多逃不出苦闷的圈

子。苦闷是要消磨志气的（虽则在某一场合也可以推动奋斗），所以我们要注意：我们必然地要从现实做出发点。

（原载1936年7月5日香港《生活日报星期增刊》第1卷第5号）

青年"老学究"

　　我真料想不到居然做了几个月的"老学究"！这在当时的我当然是不愿意做的。一般青年的心理也许都和我一样吧，喜走直线，不喜走曲线，要求学就一直入校求下去，不愿当中有着间断。这心理当然不能算坏；如果有走直线的可能，直线当然比曲线来得经济——至少在时间方面。但是我们所处的实际环境并不是乌托邦，有的时候要应付现实，不许你走直线，也只有走曲线。我当时因为不能继续入校，心理上的确发生了非常烦闷悒郁的情绪；去做几个月的"老学究"，确是满不高兴、无可奈何的。不过从现在想来，如有着相当的计划，鼓着勇气往前走，不要自馁，不要中途自暴自弃，走曲线并不就是失败，在心境上用不着怎样难过；这一点，我很诚恳地提出来，贡献于也许不得不走着曲线的青年朋友们。拿破仑说"胜利在最后的五分钟"，这句话越想越有深刻的意味，因为真正的胜利要看最后的分晓，在过程中的曲折是不能即作为定案

125

的。我们所要注意的是要作继续不断的努力，有着百折不回的精神向前进。

我当时在最初虽不免有着烦闷悒郁的情绪，但是打定了主意之后，倒也没有什么，按着已定的计划向前干去就是了。

我的那位东家葛老先生亲自来上海把我迎去。由上海往宜兴县的蜀山镇，要坐一段火车，再乘小火轮，他都一路很殷勤地陪伴着我。蜀山是一个小村镇，葛家是那个村镇里的大户，他由码头陪我走到家里的时候，在街道上不断地受着路上行人的点头问安的敬礼，他也忙着答谢，这情形是我们在城市里所不易见到的，倒很引起我的兴趣。大概这个村镇里请到了一个青年"老学究"是家家户户所知道的。这个村镇里没有邮政局，只有一家杂货铺兼作邮政代理处，我到了之后，简直使它特别忙了起来。

我们住的虽是乡村的平屋，但是我们的书房却颇为像样。这书房是个隔墙小花厅，由一个大天井旁边的小门进去，厅前还有个小天井，走过天井是一个小房间，那便是"老夫子"的卧室。地上是砖地，窗是纸窗，夜里点的是煤油灯。终日所见的，除老东家偶然进来探问外，只是三个小学生和一个癞痢头的小工役。三个小学生的年龄都不过十一二岁，有一个很聪明，一个稍次，一个是聋子，最笨；但是他们的性情都很诚挚笃厚得可爱，每看到他们的天真，便使我感觉到愉快。所以我虽像入山隐居，但有机会和这些天真的儿童朝夕相对，倒不觉得怎样烦闷。出了大门便是碧绿的田野，相距不远的地方有个山墩。我每日下午5点钟放课后，便独自一个在田陌中乱跑，跑到山墩上瞭望一番。这种赏心悦目的自然界的享受，也是在城市里所不易得到的，即比之到公园去走走，并无逊色。有的时候，我还带着这几位小学生一同出去玩玩。

在功课方面，这个青年"老学究"大有包办的嫌疑！他要讲解《论语》、《孟子》，要讲历史和地理，要教短篇论说，要教英文，要教算学，要教书法，要出题目改文章。《论语》、《孟子》

不是我选定的，是他们已经读过，老东家要我替他们讲解的。那个聋学生只能读读比较简单的教科书，不能作文。夜里还有夜课，读到9点钟才休息。这样的儿童，我本来不赞成有什么夜课，但是做"老夫子"是不无困难的，如反对东家的建议，大有偷懒的嫌疑，只得在夜里采用马虎主义，让他们随便看看书，有时和他们随便谈谈，并不认真。

我自己是吃过私塾苦头的，知道私塾偏重记忆（例如背诵）而忽略理解的流弊，所以我自己做"老学究"的时候，便反其道而行之，特重理解力的训练，对于背诵并不注重。结果，除了那位聋学生没有多大进步外，其余的两个小学生，都有着很大的进步。最显著的表现，为他们的老祖父所看得出的，是他们每天做一篇的短篇论说。

我很惭愧地未曾受过师范教育，所以对于怎样教小学生，只得"独出心裁"来瞎干一阵。例如作文，每出一个题目，必先顾到学生们所已吸收的知识和所能运用的字汇，并且就题旨先和他们略为讨论一下。这样，他们在落笔的时候，便已有着"成竹在胸"、"左右逢源"的形势。修改后的卷子，和他们讲解一遍之后，还叫他们抄一遍，使他们对于修改的地方不但知其所以然，并且有较深的印象。

（原载1937年4月上海生活书店《经历》）

深夜被捕

　　我对于国事的立场和主张，已很扼要地谈过了。这不仅是我一个人的主张，有许多热心救国的朋友们也都有这同样的主张；这不仅是我和我的许多朋友们的主张，我深信这主张也是中国大众的公意的反映。于是我们便以国民的地位，积极推动政府和全国各方面实行这个救亡的国策。我们自问很坦白、很恳挚，除了救国的赤诚外，毫无其他作用，但是出乎意外的是我和六位朋友——沈钧儒、章乃器、李公朴、王造时、史良和沙千里诸先生——竟于民国25年11月22日的深夜在上海被捕！

　　在被捕的前两三天，就有朋友传来消息，说将有捕我的事实发生，叫我要特别戒备。我以胸怀坦白，不以为意，照常做我的工作。我这时的全部的注意力都集中在绥远的被侵略，每日所焦思苦虑的只是这个问题。本年11月22日下午6点钟我赶到功德林参加援绥的会议，到会的很多：银行界、教育界、报界、律师界等等，

都有人出席。我于11点钟才离会，到家睡觉的时候已在当夜12点钟了。我上床后还在想着下一期《生活星期刊》的社论应该做什么题目，所以到了1点钟模样才渐渐睡去。睡得很酣，不料睡到2点半的时候，忽被后门的凶猛的打门声和我妻的惊呼声所惊醒。我在床铺上从睡梦中惊得跳起来，急问什么事。她还来不及回答，后门打得更凶猛，嘈杂的声音大叫其赶快开门。我这时记起前两三天朋友的警告，已明白了他们的来意。我的妻还不知道，因为我向来不把无稽的谣言——我事前认为无稽的谣言——告诉她，免她心里不安。她还跑到后窗口问什么人。下面不肯说，只是大打其门，狂喊开门。她怕是强盗，主张不开。我说这是巡捕房来的，只得开。我一面说，一面赶紧加上一件外衣，从楼上奔下去开门。门开后有四个人一拥而入，其中有一个法国人，手上拿好手枪，作准备开放的姿势。他一进来就向随来的翻译问我是什么人，我告以姓名后，翻译就告诉他。他表示惊异的样子，再问一句："他是邹韬奋吗？"翻译再问我一句，我说不错，翻译再告诉他。他听后才把手枪放下，语气和态度都较前和缓得多了。我想他想象中的我也许是个穷凶极恶的强盗相，所以那样紧张，后来觉得不像，便改变了他的态度。他叫翻译对我说，要我立刻随他们到巡捕房里去。当时天气很冷，我身上只穿着一套单薄的睡衣，外面罩上一件宽大的外衣，寒气袭人，已觉微颤，这样随着他们就走，有些忍受不住；因为翻译辗转麻烦，便问那位法国人懂不懂英语，他说懂。我就用英语对他说："我决不会逃，请你放心。我要穿好衣服才能走，请你上楼看我穿好一同去。"他答应了，几个人一同上了楼。他们里面有两个是法租界巡捕房政治部来的，就是上面所说的那位法国人和翻译；还有两个是市政府公安局的侦探。上楼后我问那个法国人有什么凭证没有，他拿出一张巡捕房的职员证给我看。我一面穿衣，一面同那法国人和翻译谈话。谈话之后，他们的态度更和善了，表示这只是照公安局的嘱咐办理，在他们却是觉得很抱歉的。那法国人再三叫我

多穿上几件衣服。公安局来的那两位仁兄在我小书房里东翻西看，做他们的搜查工作。我那书房虽小，堆满了不少的书报，他们手忙脚乱地拿了一些信件、印刷品和我由美国带回的几十本小册子。这两位仁兄里面有一位面团团的大块头，样子倒很和善，对我表示歉意，说这是公事，没有办法，并笑嘻嘻地对我说："我在弄口亲眼看见你从外面回家，在弄口走下黄包车后，很快地走进来。我想你还不过睡了两小时吧！"原来那天夜里，他早就在我住宅弄口探察，看我回家之后，才通知巡捕房派人同来拘捕的。我问他是不是只拘捕我一个人，他说有好几个。我想一定有好几个参加救国运动的朋友们同时遭难了。我心里尤其思念着沈钧儒先生，因为沈先生六十三岁了，我怕他经不住这种苦头。我除穿上平常的西装外，里面加穿了羊毛绒的里衣裤，外面罩上一件大衣，和四位不速之客走出后门。临走时我安慰了我的妻几句话，并轻声叫她于我走后赶紧用电话告知几位朋友。出了弄口之后，公安局的人另外去了，巡捕房的两个人用着备好的汽车，陪着我乘到卢家湾法巡捕房去。到时已在深夜的3点钟了。我刚下车，由他们押着走上巡捕房门口的石阶的时候，望见已有几个人押着史良女律师在前面走，离我有十几步路，我才知道史律师也被捕了。

（原载1937年4月上海生活书店《经历》）

工作的大小

　　工作有没有大小的分别？就一般的观念说，工作似乎是有大小的分别。我们很容易想到大人物做大事，寻常人做小事。这种观念里面，也许含有个人的虚荣心的成分，虽则没有人肯这样坦白地承认。但是有的人要想做大事，不满意于做小事，不一定出于个人的虚荣心，也许是出于很好的动机，希望由此对于社会有较大的贡献；依他看起来，大事的贡献较大，小事的贡献较小，因为要对社会有较大的贡献，所以不愿做小事，只想做大事。这个动机当然是很可嘉的。我们当然希望社会上人人都有较大的贡献，于是对于能够有较大贡献于社会的人们，特别欢迎。

　　不过什么样的事可算做大？什么样的事只能算小？什么样的贡献可算做大？什么样的贡献只能算小？这却是所谓仁者见仁，智者见智，不易有一致的见解。

　　我们如在军界做事，就一般人看来，也许要觉得做大将是比做

小卒的事大。但是我觉得做丢尽了脸的不抵抗的大将，眼巴巴地望着民族敌人今天把我们的民族生命割一刀，明天把我们的民族生命刺一枪，而不能尽一点军人卫国的天职，做这样的不要脸的大将，实在还不如做十九路军淞沪抗战时的一个小卒。在这样的场合，一个小卒的工作对于国家民族的贡献反而大，一个大将的贡献不但是小，而且等于零！

也许你要驳我，说对民族敌人不抵抗的不要脸的大将，当然是太不要脸，对国家民族不能有什么的贡献，这诚然是不错，但是如做了真能抗敌卫国的大将，那便有了较大的贡献了。这样看来，大将的工作仍然是比小卒的工作大，大将的贡献仍然是比小卒的贡献大。

我承认这话确有一部分的理由，不过我们要知道一个军队要能作战，倘若全军队都是大将，人人都做指挥官，这战事是无法进行的；反过来说，倘若全军队都是小卒，如同一盘散沙，没有人指挥或领导，那么这战事也是无法进行的。所以在抗敌卫国的大目标下，大将和小卒在与敌作战的军队里虽各有其机能，但是同有贡献于国家民族是一样的，在本质上，工作的大与小，贡献的大与小，原来就没有什么分别的。硬看做工作有大小，贡献有大小，这只是流俗的看法罢了。

宜于做大将的材料，我们赞成他做大将；宜于做小卒的材料，我们也赞成他做小卒。从本质上看来都没有什么大小高低之分，我们所要问的只是他们为着什么做。

（原载1936年6月18日香港《生活日报》第12号）

有效率的乐观主义

　　有一个名词，个个人的脑子里都应该有的；个个人的心里都应常常想到，常常念着的，这就是"乐观主义"。一个人的目的愈远，计划愈大，他的工作所经过的途径也愈远；在前进的时候，有许多愁虑、困难、穷苦、失望，都是当然要碰到的。乐观主义的人，就是不怕这些恶魔，反而振起精神，抱着希望，向前干去！倘被恶魔所屈服，便亡了；倘能战胜恶魔，便是胜利！

　　凡是要做得好的事情，都不是随随便便就行的，都不是容易的。你自己要立于什么地位？要达到什么地步？情愿付什么代价？你所希望的地位或地步总在那里，不过必须先付足了代价的人，才能"如愿以偿"。沿着大成功的一条路上，有许多小失败排列着，最后的成功是在能用坚毅的精神，伶俐的眼光，从这许多小失败里面寻出教训，尽量地利用它，向前猛进。而这种"寻出"和"尽量的利用"，惟有抱乐观主义的人才能够办到。

牛顿发明地心吸力学说的时候，全世界人反对他；哈费（Harvey）发明血液循环学说的时候，全世界人反对他；达尔文宣布进化律的时候，全世界人反对他；白尔（Bell）第一次造电话的时候，全世界人讥诮他；莱特（Wrihgt）初用苦工于制造飞机的时候，全世界人讥诮他。讲到孙中山先生，最初在南洋演讲革命救国的时候，有一次听的人只有三个。这许多人都要抱着乐观主义，极强烈的乐观主义，使他们能战胜全世界的糊涂、盲从、冷酷、恐怖、怨恨、反抗。而且工作愈伟大，所受的反抗也愈厉害，简直成为一种律令，对付这种厉害的反抗，最重要的工具是乐观主义。

有许多人以为乐观主义的人不过是"嘻皮笑脸"，"随随便便"，"一切放任"，"撒撒烂污"，"得过且过"，"唯唯诺诺"。请君切勿误信这种谬说。真正的乐观主义的人是用积极的精神向前奋斗的人，是战胜愁虑穷苦的人。这类的苦境，常人遇着，要"心胆俱碎"，"一蹶而不能复振"的；只有真正乐观主义的人才能努力奋斗，才敢努力奋斗！所以讲到乐观主义还不够，要有"有效率的乐观主义"才行。

（原载1927年4月24日《生活》周刊第2卷第25期）